那年夏天，
我撥去的電話
三秋縋
插畫／usi

那年夏天，妳打來的電話

目錄

第1章 打勾勾
第2章 泡影般的夏天
第3章 吾子濱的人魚傳說
第4章 看星星的人
第5章 第九號掃把星
第6章 那年夏天，我撥去的電話

那年夏天，我撥去的電話

目錄

第7章 夏季大三角，又或是大四角 005
第8章 最後一支舞，留給我 049
第9章 不屬於我的名字 081
第10章 不要錯過我 109
第11章 這只是個小小的幸運魔咒 149
第12章 人魚之歌 179
第13章 那年夏天，妳打來的電話 207

那年夏天，我撥去的電話

三秋縋

輕文學
Light Literature

第7章　夏季大三角，又或是大四角

從前幾天就下個不停的雨，到了下午總算停了。我小心翼翼地走在到處都是積水的道路上，接二連三有騎著腳踏車的小朋友從身後超越我。有個小朋友大聲喊叫著伸手一指，原來那個方向有一道大大的彩虹。我停下來看了這道彩虹幾秒鐘，接著準備繼續往前走而放低視線時，小朋友們已經不見蹤影。

我心想，也許這些小朋友是去找彩虹的腳。

有個迷信是說，彩虹的腳藏有裝滿黃金的甕，但我不太喜歡這個故事。我不喜歡美麗的事物底下埋著美麗的事物這種想法，是那種認為櫻花樹下埋著屍體的人之一。

純粹美麗的事物會讓我擔心這個世界上會不會有人為了償還這種美而吃虧。我心想，如果彩虹底下是墓地就好了。我希望那鮮豔的七彩光芒，是幾十個、幾百個骨灰罈帶來的。這樣一來，也許我能比較天真地接受彩虹的美。

我來到鎮立圖書館，在這裡再次見到那個尋找幽靈的女生。當我拿起百圓硬幣，站在自動販賣機前選飲料時，看到另一台販賣機前站著一個撐陽傘的女生。她和我一樣拿著百圓硬幣，以彷彿面臨人生重大抉擇似的表情看著自動販賣機。她注意到我的視線後，拉起陽傘朝我臉上看過來。

「啊，大哥。」她睜大眼睛，然後微微一鞠躬。「午安，真想不到會在這種地方碰到你。」

「所以妳也不是一天到晚都在找幽靈？」

「其實呢，那倒未必。」她把抱在脅下的包包舉給我看。「我今天借的兩本書都是和幽靈有關。」

「了不起。」我表示讚賞。

「你一定覺得我像個傻子吧？」她噘起嘴。「沒關係，因為事實上我就是個傻子，而且在校成績也不怎麼好。」

「我沒有嘲笑妳的意思，是真的覺得了不起，妳不要這麼自卑。」

她默默瞪著我好一會兒，忽然放緩表情，指了指人行道上一張面向圖書館的長椅。

「如果你不介意，要不要聊一會兒再走？」

我們從自動販賣機買了飲料，並肩坐在長椅上慢慢喝。圖書館後面的林子裡，傳來幾乎令人耳朵痛的蟬鳴聲。

「對了，妳認為幽靈是什麼樣的東西？」我問。「每個人對幽靈都有不同的想法吧？有人說幽靈會在人身邊保佑人，也有人說幽靈會心懷怨恨咒殺人，還有人說幽靈不會干涉活人，就只是存在於世。我想知道妳的想法。」

「我不是說過嗎？我並非真心相信有幽靈。不管是UFO還是UMA之類的都可以，什麼都行。」她一臉不在乎的表情這麼說。「只是……你不覺得美渚町這個地方，和幽靈有關的故事特別豐富嗎？所以我就決定尋找幽靈。」

「那麼，我換個問法吧，妳希望幽靈是什麼樣的東西？」

她喝了一口飲料，抬頭看著天空。濕潤的嘴唇被陽光照得發出閃閃白光。

「我想想……以我來說，我希望幽靈是種受了很多苦，怨恨活人、為自己的際遇悲嘆的東西。」

「為什麼？」

「如果是這樣，不就會覺得活著還稍微好上那麼一點嗎？」她說話時仍然仰望著天空。「如果幽靈全都是露出一臉安詳的表情照看著活人，我應該會很羨慕他們，而想加入他們吧。」

「原來如此，有道理。」

似乎是我的贊同讓她很高興，她晃了晃長椅下的雙腳。

「雖然等我年紀大了，也許會說出完全相反的看法。」

「為了肯定迫在眉睫的死？」

「就是這麼回事。」她在陽傘下露出微笑。「大哥，你真的有試著聽懂我這種怪人說的話耶。」

「我覺得自己只是很自然在跟妳聊天。我們會聊得來，多半是因為妳不是怪人，再不然就是我也是怪人。」

「是後者，肯定是。」

她嘻嘻笑了幾聲。

「說到這個，」我說。「有一件事我忘了說。我的年記沒有大到讓妳叫『大哥』，我跟妳同年。」

她盯著我的臉打量。

「我還以為你比我大了兩、三歲呢。」

她視線游移地小聲說道。

「……可是，我可以當作你年紀比我大嗎？」

「是沒關係，可是為什麼？」

她從我身上移開視線。「一想到我在跟同年齡的男生說話，我就會緊張得連早上吃的東西都幾乎吐出來。」

我忍不住噗哧一聲笑出來。「好吧，那就當作我年紀比妳大。」

「好，這樣會幫了我很大的忙。」她閉上眼睛嘆一口氣，然後重新打起精神，開朗地說：「大哥，我也想聽聽你的事情。」

「我的事情？」

「只有我說自己的事情太不公平了，你也說一些吧。」

我思索一會兒。我很不擅長說自己的事情，畢竟我是以「根本沒有人會關心我」的前提活著，所以我在「自己的事情」這方面的庫存，比起常人極端地稀少。

到頭來，我也別無什麼像樣的話題可說，所以決定把眼下最關心的事情攤開來說。

「我最近常常深夜去看星星。」

「哎呀，好浪漫呢，真沒想到大哥竟然有這種興趣。」

「不，這不是我的興趣，我只是陪人看星星。」

「哼？好像很開心嘛。」她以鬧彆扭似的表情說。「反正大哥一定是跟女生一起去看星星吧？」

「有女生，也有男生。」

「你果然有很多朋友。」她垂頭喪氣。「我覺得被背叛了。」

「話先說在前頭，包括妳在內，我的朋友一共只有五個人。」我苦笑著說。「我們這群人是烏合之眾，認識所有成員的只有我一個，我每次都忙著居中協調。」

她盯著我的臉打量。

「你看起來就不適合做這種事，一定很累吧？」

「是啊，累得要命。」

她聽了立刻笑逐顏開。

「誰叫你要碰這種自己不習慣做的事，活該。」

「一點也不錯。」我表示同意。

我回家後把廣播轉到音樂節目，一直在讀從圖書館借來的書。即使窗戶全部打開，還開了電風扇，我仍然熱得流汗，在上衣弄出汗漬。吃完晚餐、泡完澡後，我立刻鑽進被窩。午夜一點，枕邊鬧鐘的鈴聲響了，我慢慢起身，迅速做好準備，走出家門。

明明是深夜，一路上卻到處有蟬在叫。也許路燈的燈光，加上不管多晚都不會徹底消退的暑氣，讓蟬以為現在是白天吧。又或許是一群在白天沒有機會鳴叫的蟬，到了夜晚才努力想把落後的部分追回來。最近經常可以看到一種現象，就是一到酷熱的顛峰時段，蟬就會一起停止鳴叫。說來也是當然，蟬多半不太能適應極端的酷熱吧。

坦白說，今年夏天熱得不正常，電視新聞幾乎連日在播報更新最高溫紀錄的消息，大人們也異口同聲地說這輩子第一次遇到這麼熱的夏天；再加上梅雨時期的降雨量只有正常的一半以下，導致全國各地都出現乾旱現象，部分地區還實施了夜間停水措施。最近之所以常常聽見救護車的警笛聲，也許是中暑昏倒的人變多了。

我用手揮開不時會不知道從哪裡沾到的蜘蛛網，一路往前走著走著就來到初鹿野唯的家。我所料不錯，荻上千草已經在門旁等候，一發現我就微微對我揮手。千草外出時都會一板一眼地穿著制服，但多半是想到這麼晚了還穿著制服在外面遊蕩，反而顯得可疑，所以她今天穿的是有著細條紋的襯衫連衣裙。

「妳今天穿便服啊？」

我一指出這一點，千草就拉起連衣裙的裙襬，露出為難的表情問：

「會不會很奇怪？」

「不奇怪，妳穿這樣很好看。」

「是嗎？好看嗎？」

千草左右微微搖擺著身體，笑了笑。

我和千草針對連日的酷熱聊了一會兒，就看到後門無聲無息地打開，初鹿野從門後現身。初鹿野看看我的臉，然後將視線移到千草臉上。千草微笑著對她說「晚安，初鹿野同學」，初鹿野就默默地微微一鞠躬。

三人到齊後，我們前往鱒川旅館。打開通往屋頂的門，便看到已經早一步抵達的檜原裕也正在組裝天文望遠鏡。他看到我們來了，只「喔」了一聲算是打招呼，然後對初鹿野招招手說：「初鹿野，快來幫忙。」

初鹿野站到望遠鏡旁，檜原就開始下令。「來，觀景窗的調整方法就和我上次教過妳的一樣，妳今天應該可以一個人調整好吧？」

初鹿野默默地點了點頭。

我和千草隔了一小段距離，看著默默調整天文望遠鏡的初鹿野，以及看著她調整望遠鏡的檜原。千草頻頻從旁瞥向我的臉，露出百感交集的表情。

「真不知道為什麼會變成這種情形呢。」

沒錯，到底是怎麼會變成這種情形？

我回溯記憶，回想起成了整件事開端的那一天。

＊

時間回溯到我和初鹿野通了電話的那一天，也就是初鹿野身處的無人車站的公共電話，和我家的電話同時響起鈴聲的那一天。

我好不容易才得到能和初鹿野好好說上幾句話的機會，便將我這幾年來一直藏在心中的心意告訴她。儘管在我聽見她的回答前電話就掛斷了，但看來存在於我們之間的誤會，似乎獲得一定程度的化解。畢竟我因此得知初鹿野並不是討厭我，也讓初鹿野知道我並不是可憐她，光是這樣就已是前進一大步。

這天晚上，深夜兩點整，我來到初鹿野的家。

初鹿野不到五分鐘就從後門出來，認出我而停下腳步。

我輕輕舉起右手打招呼，她露出有話想說的表情一直看著我，但她的表情當中並沒有以前那種敵意或厭惡。換個角度來看，甚至像是單純在掩飾難為情。

「好，我們今天也一起去看星星吧。」我說。「就像有流星的那一晚一樣。」

初鹿野以拿我沒轍的表情微微聳肩，不說「好」也不說「不要」，只是默默踏出腳步。到了這時候，我才第一次不是跟在她身後，而是走在她身邊一起前往廢墟。

初鹿野坐在屋頂的椅子上仰望天空，我不著痕跡地對她問說：

「妳這麼喜歡看星星，為何不用天文望遠鏡？」

「我想用啊。」她回答得很坦白。「可是，那很貴。」

「原來如此。」我點點頭，忽然想到一件事，說道：「說到這個，我有個朋友有一架還挺貴的天文望遠鏡呢。」

初鹿野果然上鉤了。「……真的？」

「是啊，要不要我去借？」

她不說話。但我心想，既然初鹿野沒有當場否定，多半等於是答應了。沉默只是她以她的方式所能表達的最大抗拒。

「好，包在我身上，我會在明天晚上之前準備好。」

我並未指望能得到什麼像樣的回應，但初鹿野目送兩顆流星劃過天際後，以幾乎聽不見的聲音說：

「……謝謝你。」

「不客氣。」我誇張地一鞠躬。「沒想到妳會對我道謝。等我回家，就把剛剛那句話寫進日記裡吧。」

「是嗎？」

初鹿野看似不高興地撇開臉。

翌日早晨，我揉著惺忪睡眼，在大熱天底下走去檜原家。

店面屋簷下整排盆栽裡的花都枯萎得慘不忍睹，只有爬在窗格上的牽牛花很有活力地開出藍色與紫色的花朵。淡米褐色的砂漿牆似乎已多年未重新漆過，四處可以看到發黑的地方與龜裂。店面入口處掛著寫有「居酒屋」的大燈籠，門外的白色霓虹燈招牌上則以深藍色的字體寫著店名「潮騷」。裝設在二樓外凸窗下方的空調室外機，發出喀啦作響的怪聲。

也因為現在還不到早上十點，蟬鳴聲還不大。我打開咿呀作響的門，繞到住宅那一邊的玄關，按響門鈴。我數了三十秒後，又按一次門鈴，但沒有人回應。

住家後門的方向傳來熟悉的引擎聲。我過去一看，就看到檜原在東西堆得亂七八糟的車庫裡維修速克達機車。他多半是在換機油吧，只見機車旁隨手放著機油加油罐、套筒扳手、截短的寶特瓶等工具。

「要不要我幫忙？」我問了一聲。

檜原回過頭來看到我。「喔喔，是深町啊？」他瞪大眼睛。「你竟然會找上門來，還真是稀奇……啊啊，你該不會是來報三天前的仇吧？」

「這也不壞。」我撿起放在倉庫角落的扳手，用扳手一端敲了敲手掌。「可是，我今天來是有別的事。檜原，記得你有天文望遠鏡吧？」

「是啊，我有。怎麼了？」

「我想跟你借用一下。」

他用手臂擦掉額頭上的汗。

「你沒頭沒腦地說什麼？也不想想你之前是怎麼嘲笑我的興趣，現在卻對天文觀測有興趣啦？」

「我不記得自己嘲笑過你。還有，對天文觀測有興趣的不是我，而是我有個朋友喜歡看星星。」

檜原半張著嘴，仔細打量我一會兒。

「不好意思，我不想借。那是我的寶貝，我不想讓什麼都不懂的外行人碰。」

檜原說完就回去忙自己的事了。他關掉加熱的引擎，戴上塑膠手套，取下排油螺栓，放寶特瓶去接滴下來的機油，等舊機油滴完後，再鎖緊螺栓，打開加機油的蓋子，把新的機油從加油罐倒進去，然後蓋上蓋子，發動引擎，又放著一段時間。由於我國中時代幫忙過他很多次，已經完全記住這些作業程序。

「我無論如何都得借到。我會給你該有的謝禮，前幾天那件事也一筆勾銷。我會小心使用，不會弄壞。」

「你知道怎麼用嗎？」

「我馬上去學。」

「學好了再來。」

「我急著用。拜託，我是認真在求你。」

「竟然對人這樣千拜託、萬拜託，真不像你會做的事。」檜原語氣頗為意外。「該不會是和女人有關吧？」

「從某些觀點來看是沒錯。」我含糊其辭地答道。

「那我更不能借你。我不希望我的寶貝望遠鏡被拿去吸引女人的注意。」

我微微聳肩。「有個以前很照顧我的女生現在非常沮喪。她平常會一直把自己關在房間裡，卻只為了看星星而在深夜出門。她好像只有在仰望星空的時候，心情會變得平靜。我希望能助她一臂之力。」

檜原關掉機車引擎，打開機油蓋，用抹布擦過，然後再度檢查裡頭的機油量，確定已補充足夠的機油後，他緊緊關上蓋子，脫掉塑膠手套。

檜原把機車挪到車庫後頭停好，搬了一張豎在牆邊的折疊式桌子過來，在我面前架好。他在這張滿是刮痕的木桌前單膝跪下，然後捲起袖子，肩膀往前挺出。

「你聽好，規則很簡單。」檜原說。「我們現在來比腕力。你要挑戰幾次都行，只要你贏過我一次，我就把天文望遠鏡借給你。」

「比腕力？」我問。「我哪裡會有勝算？」

「要出借天文望遠鏡的人是我，規則當然要對我有利，不然還有什麼意義？」

「這樣對我太不利了。我從國中畢業典禮到上個月中旬一直在住院啊，全身上下都生鏽啦。」

「那你就死心吧，我不打算改變條件。」

我心不甘情不願地在桌前單膝跪地，依序看了看檜原的肩膀、上臂與下臂。檜原不愧是以健身當興趣的人，每個部位都鍛鍊得非常結實。他就是那種明明不是運動社團的人，卻能在體能測驗的好幾個項目中，都拿到全學年頂尖成績的傢伙。和他比腕力，我不可能會有勝算。

但我仍然不能劈頭就放棄。我手肘撐在桌上，握住檜原的手，左手抓住桌子邊緣。

「準備好了吧？」檜原問，我點點頭。

檜原一說「開始」，我就卯足全身力氣灌注在右手，但檜原文風不動。這不是誇飾，真的是連一公釐也沒動，就好像他的手被螺絲鎖在桌上。檜原露出悠閒的笑容，手腕輕輕一使力，我的手腕立刻被拗得後彎，一口氣被壓到最底。「第一勝。」他數著。我整隻右手發麻，全身噴汗。「我們開始第二場吧。」檜原說。

等比完第十場，右手已經違背我的意思發著抖，指尖更使不上力。手肘內側痛得像是發炎，肩膀以下劇烈發熱。

等手臂的痠麻微微退去，我又學不乖地把手肘放到桌上。檜原對自己的勝利已有十足把握，比到一半就一臉不在乎的表情找我說話。

「你是在哪裡認識那個女生？」

「那個女生？」我抬起頭問。從額頭流下來的汗水，沿著臉頰流到脖子上。

「就是三天前的晚上，差點被牽扯進你和乃木山他們那場打鬥的那個女生啊。」

我試圖看準他說話的瞬間偷襲，但他早已看穿我會這麼做，我加重手上力道的瞬間，就被更強的力道推回來。我啐了一聲，回答他的問題：「你是指荻上啊？她只是我的同班同學，就坐我隔壁。」

「只是個同班同學，你卻會跟她一起在深夜去看星星？」

「星星？」我歪了歪頭。「啊，你該不會誤以為我是和荻上去看星星吧？她和這次的事情沒有關係，想看星星的是另一個女生……」

我說到這裡，檜原手上的力道忽然減弱。雖然不知道出了什麼事，但總之我未放過這一瞬間，把剩下的所有力氣都灌注下去，扳倒他的手。

接下來好一陣子，檜原都一臉不可思議地看著自己那比到一半忽然癱軟的手。

「……畢竟我們講好了。」檜原搔了搔脖子後面。「沒辦法。雖然我很不情願，但還是會借你望遠鏡。」

「謝謝。」我擦了擦臉上的汗，邊用左手按摩整隻右手邊道謝。

「只是，我有個條件。如果你不答應，這件事就當作沒提過。」

「只要不是太離譜的要求，我都打算答應。」我說。「是什麼樣的條件？」

「用望遠鏡的時候，一定要讓我同行。」

「等一下，這我會很為難。」我趕緊搖頭。「我會好好學習怎麼使用天文望遠鏡，拜託你不要跟來。」

「不行，只有這件事我不能退讓。」

「有你這樣的傢伙在，她會怕的。」

「能跟你要好的女生，跟我應該也能要好吧？」

「我跟她是老朋友了，你不一樣。」

我們一直僵持到中午，但檜原無論如何對這一點都不肯退讓。於是我借用檜原家的電話，打電話到初鹿野家。

接電話的是初鹿野的姊姊，綾姊。

「可以麻煩妳請唯同學來聽電話嗎？只要說是有關望遠鏡的事，她應該會從房間裡出來。」

『望遠鏡？』綾姊不明就裡地反問。『算了，沒關係，雖然我搞不太清楚狀況，但既然小陽這麼說，我就幫你說說看。你等一下。』

不到一分鐘，初鹿野便接起電話。『……換我聽電話了。』

「我從好消息說起。」我說。「經過一番交涉後，對方總算肯借我望遠鏡……然後是壞消息，望遠鏡的主人是個男生，他說除非有他同行，不然就不准我們用望遠鏡。我覺得他人不壞，但如果妳不喜歡，我是打算拒絕。妳想怎麼做？」

『只要他肯借望遠鏡，要怎樣都可以。』初鹿野回答得很簡潔。

「真的沒關係嗎？」為求小心，我又問一次。「那裡對妳來說，不是一個很特別的地方嗎？被外人知道，妳不會覺得抗拒？」

『我沒什麼感覺，而且陽介同學就已經知道了。』

「……也是啦，這麼說也沒錯。」

初鹿野遠比我想像得更好說話，讓我覺得不解，同時又問了一個臨時想到的想法。

「要不要我帶另一個女生去？和兩個男生在一起，妳一定不太自在吧？」

初鹿野用分不出是肯定還是否定的沉默回答我。

「妳在參葉國中，不就和一個叫荻上千草的女生同班嗎？」我問。

『大概吧。』初鹿野回答。

「我想帶她一起去，妳介意嗎？」

又是一段很長的停頓之後，初鹿野說：『隨便。』

「好，我等一下就去邀荻上。今晚兩點我會去接妳，妳等我。就這樣。」

最後，初鹿野小聲說一句：『……謝謝。』

「不客氣。」我說完就掛上電話。

「就這麼說定了。」檜原看準我講完電話的時機，這麼對我說。「要挑什麼地方看星星？」

「你還記得鱒川旅館吧？她一直在那裡的屋頂看星星。」

「啊啊，就是有『紅色房間』的那個廢墟？我們國中時常常跑去那裡玩啊。」

檜原滿心懷念地點點頭。

「可是，為什麼要特地跑去那麼危險的地方？」

「初鹿野似乎很中意那裡。」

「什麼跟什麼？這女的真奇怪。」他歪了歪頭。「算了，沒關係。只要在深夜兩點多，待在鱒川旅館的屋頂就行了吧？」

「對，麻煩你。」

「好，畢竟我們講好了嘛。」他說。

我和檜原道別後，從最近的公共電話打給千草。比腕力讓我的右手舉不起來，只好用左手一個鍵一個鍵小心翼翼地按著。

『喂？』話筒傳來千草的聲音。

「妳現在方便講電話嗎？」

『深町同學？是深町同學吧？』千草的聲調突然一亮。『我當然方便講電話，請問有什麼事情？』

「我有一件事想請妳幫忙。」

『幫忙是嗎……反正一定是和初鹿野同學有關的事吧？』

「沒錯，就是初鹿野的事。」

我心想硬要隱瞞只會適得其反，所以坦白說明狀況。

「我打算今晚和初鹿野一起去看星星，但事情弄得有點複雜，有個姓檜原的男生也會跟來。可是，我覺得被兩個以前是壞學生的男生包夾，初鹿野多半會覺得很不自在。如果有像荻上這樣的女生在場，也許可以緩和這種感覺。所以，我想問問看妳願不願意一起來。」

『也就是說，我是你用來接近初鹿野同學的幌子？』

「我覺得妳這樣解釋也不能怪妳，可是，我沒有其他人可以拜託。當然，如果妳不喜歡，拒絕也沒關係。」

千草深深嘆一口氣。『……也是啦，畢竟當初是我自己跟你說，如果有任何我能幫忙的事，請儘管跟我說。好吧，我會幫忙的。』

「謝謝妳，我欠妳一次。」

『竟然這樣玩弄別人的感情，深町同學果然是天生的壞人呢。』千草用開玩笑的口氣這麼說。『可是啊，深町同學，有一件事要請你千萬別忘記。我也和你一樣，是個壞人喔。要是你太大意，小心我會把你從初鹿野同學的身邊搶走。』

「我很清楚這個危險性，會小心的。」

『不行，請你大意。』千草說完，嘻嘻笑了幾聲。『那我們要怎麼碰頭？』

「深夜兩點多時，麻煩妳在家門前等我，我會去接妳。」

『知道了，我等著。』

「妳有辦法溜出來，不被爸媽發現嗎？」

『不用擔心。因為無論是爸爸還是媽媽，應該做夢也沒想到我會在深夜外出。』

我掛回話筒後，前往鎮上的小型圖書館，借閱天文望遠鏡的入門書籍，把整本書看過一遍。起初兩小時左右，我拚命跟上文字，但看著這些初次見到的諸多天文學術語與各種接目鏡款式的剖面圖，就受到一陣猛烈的睡意侵襲，讓我在不知不覺間落入夢鄉。當我醒來時，窗外天色已經有些暗。我回到家和母親吃完晚飯後，躺進被窩又看起書來，接著小睡片刻，就到了正好該出門的時間。

讓初鹿野與千草見面本是最令我不安的事，實際上卻比我想像得順利許多。初鹿野試圖躲到我背後，千草則以極為自然的語氣對她打招呼。

「好久不見，初鹿野同學。」

初鹿野將嘴唇抿成一字形，微微點頭，感覺不像是心不甘情不願。雖然她看來頗緊張，但仍對千草的問候好好做出回應。

「我萬萬沒想到會透過這種方式和初鹿野同學有所接觸，人與人之間的緣分還真是難以預料呢。」

仔細想想，我住院的三個月期間，千草和初鹿野就坐在前後相鄰的座位上，理應多得是機會可以接觸。純就她們兩人現在的互動來看，初鹿野對千草似乎並未抱持不好的觀感；而千草面對初鹿野，似乎也不覺得不好相處。儘管程度上有所差別，但她們基本上都是不會和同班同學要好的人，或許彼此對不少地方很有共鳴。

檜原為了組裝天文望遠鏡早一步前往廢墟，所以距離他和初鹿野初次見面還有一點時間。根據他的說法，天文望遠鏡的鏡頭與反射鏡很不容易適應夜晚冰冷的空氣，必須在觀測時間前一、兩個小時就先拿到戶外，讓鏡頭鏡片適應溫度，否則視寧度（註1）就容易不穩定。還有，觀景窗似乎也是在天還亮的時候會比較好調整。鱒川旅館對檜原而言也是個熟悉的地方，讓他一個人先過去應該不會有問題。

最令人掛念的事，就是她們兩人對檜原會不會產生排斥反應。檜原即使是對第一次見面的對象，也一樣會說出失禮的話或是幫對方取綽號，在惹人生氣這回事上，他的本領堪稱天才。要保護初鹿野和千草免於受到檜原那種天真的惡意所傷害，我就必須想辦法控制好他。我們一抵達廢墟，我就繃緊神經，準備因應他們三人的會面。當然如果什麼事都沒發生，自然是再好不過。

也因為帶著對廢墟還很陌生的千草，這天我邊用手電筒照亮地板，邊小心地在廢墟中前進。我們一抵達屋頂，我就關掉手電筒，對已經將天文望遠鏡組裝完畢、正在抽菸的檜原說：「不好意思，讓你久等。」

「喔，你們來啦？」檜原熄掉香菸，將菸蒂丟進空罐，然後拿起放在腳下的手提燈站起來，走過來照亮我們三個人的臉孔。他應該是為了讓我們的眼睛盡量不要習慣亮光，所以提燈的亮度就像電池快要用完時那麼昏暗。

檜原先是盯著千草的臉孔打量，幾秒鐘之後，淺笑從他的表情中消失。他雙眼圓睜，彷彿千草臉上寫著什麼寶貴的訊息似的，把一分一釐都端詳得清清楚楚。

「我是檜原裕也。」他以硬是有些正經的態度伸出右手。「是深町國中時代最好的朋友。」

「我是荻上千草。」千草戰戰兢兢地伸出右手握住檜原的手。我心想，也難怪她會怕，因為在她看來，多半只覺得檜原是「那天圍住深町同學，想痛毆他一頓的那些人的同夥」。

我在千草耳邊輕聲說：「不用那麼害怕，他沒那麼壞。」

「沒錯，我沒那麼壞。」檜原複誦我的話。「就算壞，頂多也只和深町差不多。」

「是這樣嗎？那我就放心了。」

千草以緊張尚未完全消退的表情微微一笑。

接著，檜原把提燈湊近初鹿野的臉。我吞了吞口水，在一旁看著。檜原老實不客氣

註1：Seeing，用於描述天文觀測的目標受大氣湍流的影響而看起來變得模糊和閃爍程度的物理量。

地凝視著初鹿野臉上的胎記。

「妳的胎記好糟，簡直像東海道四谷怪談。」（註2）

要是檜原再多說一句冒失的話，我也許已經反射性地揍他一拳，但初鹿野搶在我握緊拳頭之前——又或許是為了制止我——若無其事地回答：

「沒錯，這胎記很糟吧？」

「不折不扣地糟。」

檜原如此斷定，接著轉而凝視初鹿野沒有胎記的另一邊臉孔。

「才剛覺得糟，結果臉蛋本身卻精緻得不得了啊？真讓人搞不清楚妳是美女還是醜女……算了，反正在我看來不管是美女還是醜女，都沒多少差別。」

檜原右手搓著下巴這麼說。提燈的光照得初鹿野瞇起眼睛，但至少她並未因檜原的發言感到生氣或是受傷，看來反而對他這種想到什麼就說什麼的個性產生好感。也許對於懷抱強烈自卑感的人來說，像檜原這樣心直口快的人反倒比較好相處。現在回想起來，國中時代的我之所以選擇檜原為搭檔，理由之一也就出在這裡。

千草把臉湊過來說：「檜原同學這個人似乎挺有意思的呢。」

「是啊，先不說是好是壞。」

「而且，他跟深町同學有點像。」

「我跟檜原會像？」我忍不住回問。

「是啊，身高差不多，眼神也很像。而且，總覺得你們給人的感覺一模一樣。」

「是嗎……不怎麼令人開心啊。」

千草鼓勵似地拍拍我的肩膀說：「不用擔心，深町同學比較帥。」

「那真是謝謝妳。」

總之，最令我不安的因素暫且消失了，看樣子四個人相處起來不至於水火不容。初鹿野似乎對其他兩人並沒有不好的觀感，千草似乎也一樣。

我想到這裡，忽然從客觀的角度看待自己，得到新鮮的驚奇感——真沒想到今天竟然會由我站上這種要在朋友之間居中協調的立場，這是我這輩子第一次扮演這種角色。本來應該由一群人裡最有人望的人扮演的角色，卻偏偏由我來扮演。

最先看見的是土星。檜原調整好望遠鏡之後，初鹿野、千草、我依序觀看。

註2：日本歌舞伎名劇，劇中女主角阿岩被騙而服食毒藥，導致面貌半毀。

「要是視寧度再好一點，本來是連環縫都能看見。」檜原說。
我回想起來這裡之前看過的書上所寫的內容，心想他說的應該是卡西尼縫。如果不把土星環當成一圈很寬的環，而是當成好幾圈窄環的集合體，構成主環的三個環，分別叫做A環、B環、C環，而A環與B環之間的巨大縫隙，就叫做卡西尼縫。
為了不妨礙用望遠鏡仔細觀察的初鹿野，我們在幾公尺外的地方坐下來小聲談話。
「說到這個，我從來沒問過，檜原你是怎麼開始天文觀測這件事？」
「怎麼開始？」檜原後仰上身看著星空，陷入思索似地沉吟說道。「該怎麼說呢？我的情形是先喜歡望遠鏡，才開始看星星。」
「這話怎麼說？」
「就像有人對照片本身不講究，單純喜歡相機的造型；或是對音質本身不講究，單純喜歡真空管音響的外觀；或是對咖啡本身的滋味不講究，單純喜歡磨咖啡豆或手沖咖啡等等，說穿了就是這麼一回事。我從以前就很嚮往帶著天文望遠鏡到處跑，或是把它組裝起來這種事。」
「可是，如果只是這樣，應該持續不了多久吧？畢竟這個興趣這麼費事。」
「就是費事才好啊。你等一下從望遠鏡看到的光景，跟我從望遠鏡看到的光景，雖然看見的東西一樣，意義卻完全不同。這就和自己釣到的魚吃起來格外美味是一樣的道理。我付出多少勞力，我的腦子就會幫我美化多少。這些行星、恆星本來就很美，再看到美化過的模樣，又怎麼可能不迷上？」

「認識平常的你，可真想不到你會說出這麼棒的意見。」我嘴上說笑，但心中的佩服並非虛假。「對了，我想聽聽你的看法……你覺得初鹿野為什麼會喜歡星星？」

「初鹿野？啊，那個有胎記的女生嗎？」檜原坐起上半身，看向初鹿野熱心看著望遠鏡的背影。「這個回答說起來很平凡，我想以她的情形來說，應該是先有黑暗，後來才有星星吧？」

「……原來如此。」

這說得通。有了胎記讓她喜歡上黑暗，而她試圖在黑暗中找出有趣的事情，最後就遇見星星。我心想，相信有相當一部分是這麼回事。只是話說回來，初鹿野開始對星星產生興趣的時期，遠比她臉上長出胎記要早，所以檜原所說的這個理由，多半只是種種促成「喜歡」的原因之一。

「當然說到底，『喜歡』的理由全都是事後安上去的。」檜原補上幾句話。「喜歡星星的人生下來就是會喜歡上星星，就這麼簡單。」

「有道理。」我表示贊同。

千草接在初鹿野後面看望遠鏡。「好棒。」她發出歡呼。「深町同學、深町同學，這好棒喔！」

在千草的催促下，我也站到望遠鏡前，湊過去看鏡頭。

一片漆黑之中朦朧浮現一個球體，以及圍繞這個球體的巨大光環。這極具特色的形狀連幼稚園的學童都知道是什麼，但像這樣透過望遠鏡的鏡頭看到真正的影像，就覺得是一種惡劣的玩笑。這世上可以有這種形狀莫名其妙的東西存在嗎？我是因為從小就接受過教育，知道土星是這樣的形狀，但什麼都不知情而發現這玩意兒的人，真不知道會是多麼驚訝？

我正為土星的模樣震懾時，檜原在我身後說：

「見到你這樣看著望遠鏡，我就想起校外教學那一天晚上的事。」

「……你還是一樣個性很糟耶。」我小聲回答。

「你們在說什麼？」千草果然對這個話題表示出興趣。

「沒有，不是什麼了不起的事。」檜原起勁地說了起來。「國中三年級校外教學的時候，我們過夜的日式旅館有個露天浴場。在第三天夜晚，我們發現只要從房間探頭拿望遠鏡看，就可以看到連接女性室內浴場和露天浴場的樓梯。我們隔天就在當地弄來了雙筒望遠鏡，當天晚上便關掉房裡的燈，大家輪流偷看。是不是啊，深町？」

「是喔……原來深町同學也會做這種事情。」

千草對我投來摻雜輕蔑與取笑的視線。

「有什麼辦法？在那種狀況下，要是只有我一個人說不看，反而會被人懷疑有鬼吧？」我辯解之後，對檜原做出反擊：「說到這個我才想到，檜原從以前就有這種毛病，一有他中意的女生在場，就會千方百計捉弄我。」

「那是你誤會了。」檜原立刻回答。「我只是喜歡捉弄深町。」

「你們感情真好。」千草掩嘴微笑。

我和檜原一副「這恐怕很難說吧」的模樣聳聳肩。接著，我們三人的目光望向又黏著望遠鏡不放，怎麼看都看不膩的初鹿野。

「她那麼喜歡星星嗎？」檜原用壓低到初鹿野聽不見的音量對我問。

「是啊。畢竟她可以只為了看星星，每天晚上都跑來這裡。」

「每天晚上？多半是另有目的吧？」

「不是，不會有。我敢斷定。」

「是喔？真是個怪女生。」

檜原盯著初鹿野的背影打量，彷彿想鑑定些什麼。

「喂，阿岩。」他叫了初鹿野一聲。「妳看土星也差不多看膩了吧？」

初鹿野把眼睛從鏡頭上移開，面向檜原搖搖頭說：「不膩。」

「是嗎？可是我膩了。所以接下來，我要妳把望遠鏡對到月球表面上。妳知道怎麼用嗎？」

「……大概。」

「好，那就交給妳，等妳對準月球表面再跟我說一聲。」

初鹿野深深一點頭，小心翼翼地開始調整天文望遠鏡。

「喔喔，有好好用觀景窗，果然有一套。」檜原說得十分快活。

「你不是說天文望遠鏡是你的寶貝，不想被什麼都不懂的外行人碰嗎？」我問。

「如今竟然讓第一次見面的女生碰。」

「不用擔心，她不會弄壞。」檜原說得自信滿滿。

「我好歹有認真在學，還連星象圖怎麼看都學了。」

「你真用功。可是你動機不純，我不能相信你。」

初鹿野花費很多時間，似乎讓檜原看不下去。檜原拿起貼著玻璃紙的手電筒站起身，來到初鹿野身旁指揮她。「妳真笨。要先用低倍率的目鏡，等到對焦以後，再把倍率調高就好。」

「我又不知道目鏡怎麼換。」初鹿野不滿地抱怨。

「問我不就好了？妳白痴啊？」

「……要怎麼弄？」初鹿野戰戰兢兢地發問。

我和千草站在後面，旁觀他們兩人調整望遠鏡。

「有個人懂自己喜歡的東西，感覺好棒。」千草喃喃說道。

「也對，我就沒辦法像那樣徹底投入某一件事裡。」我說。「我想，多半是沒有辦法那麼相信自己的興趣吧。」

「我懂。一想到自己一定會在某個階段膩了或者挫敗，就忍不住有所保留吧。」

看著一副不耐煩的模樣指揮初鹿野的檜原，以及不甘心但仍乖乖聽話的初鹿野，我忽然覺得胸口隱隱作痛。那是一種我以前不曾經歷過的不可思議感覺，在這個時候，我還無法自覺到那是一種叫做「嫉妒」的情緒。我對自卑感體會得很深，但由於先前對自己這個人徹底死心，也就不會特意去比較別人和自己，所以一直過著和嫉妒特定的某個人這種情緒無緣的人生。因此，我才會不明白該為這種這輩子第一次產生的情緒安上什麼名字。

我隱約有種不祥的預感，覺得自己也許打開一扇不可以打開的門。

而我這種預感，將在不遠的未來應驗。

「深町同學，你怎麼了嗎？」我突然不說話，讓千草不安地問。

「沒有，我只是覺得怪怪的。」

「就是說啊……感覺怪怪的。」

初鹿野回過頭來，朝我們瞥了一眼，隨即又將視線拉回望遠鏡上。

在天空開始染上紫色的凌晨四點左右，我們離開廢墟，若無其事地跟彼此道別，回到各自的家。

但也不知道是什麼樣的因緣——又或許應該說是星星在穿針引線——後來我和初鹿野以及千草、檜原這四個人，每天晚上都會不約而同地跑去廢墟一起看星星。

最令我意外的是，明明沒有人請他這麼做，檜原仍然每天晚上都在同一時間來到廢墟屋頂，事先把望遠鏡組裝好。當然，我想這不是純粹出於善意的行動，有大半是用來和千草見面的藉口。雖然我不知道他有幾分真心，但檜原似乎對千草頗有好感，有事沒事就想從我這邊問出和千草有關的消息（雖然我每次都避重就輕地帶過）。

至於千草每天晚上都來到廢墟，根據她本人的說法是為了避免讓我和初鹿野獨處。有一次，我看準初鹿野和檜原熱衷於調整望遠鏡的空檔，詢問千草為什麼願意每天晚上都來，結果她一臉不服氣的樣子瞪了我一眼後，輕輕把額頭往我肩膀上一撞。

「那還用說？當然是為了阻止深町同學和初鹿野同學兩個人幽會啊。」千草說得臉不紅氣不喘。「你連這個都不懂？」

「……我從以前就一直想問，我到底有哪裡好？」我問。「關於這點，我就是怎麼想都想不通。」

「請你自己想，你這狼心狗肺的東西。」

千草說著，把臉撇向一旁。

至於最關鍵的初鹿野本人……根本不用別人拜託，她自己本來就會每天晚上來到廢墟屋頂。我一直以為這樣的她，會願意默認我們這三個礙事的人存在，全是拜天文望遠鏡之賜。但最近，我這個想法慢慢改變了。

搞不好，說不定，一個沒弄好——

初鹿野的目的也許不是望遠鏡，而是檜原。

讓我開始有這個想法，起因於我們過起這種天文觀測的日子好幾天時所發生的一件事。當時，我和千草一起站在後面，看著檜原與初鹿野組裝天文望遠鏡。不知不覺間，初鹿野已經變得像是檜原的助手，會在他的指揮下更換鏡頭、調整觀景窗或是比對星象圖等等，而且她做這些事時，眉頭連皺也不皺一下。初鹿野看起來對於這些工作很樂在其中，而檜原也把初鹿野當成一個喜歡天文的同好，對她寄予信任，本來說不想讓別人碰的望遠鏡，都隨她愛怎麼用就怎麼用。

檜原準備就緒，把站在後面等著的我們叫過去時，忽然從遠方傳來一陣汽車引擎聲。檜原豎起食指要我們安靜，閉上眼睛仔細傾聽。

「在往我們這邊靠近。」檜原啐了一聲。「聽引擎聲就知道，多半是平常聚集在山路上吵鬧的那些傢伙。也許他們是來試膽還是幹嘛。」

檜原說得沒錯，汽車的引擎聲過一會兒在建築物附近靜止，聽得見有人下車、關上車門。從說話嗓音聽來，多半是三、四個二十幾歲的男生，似乎正朝我們這邊走來。

「我們最好躲起來。」我說。「讓那種傢伙撞見，事情會很麻煩。」

「畢竟我們這邊有兩個女的啊。」檜原朝初鹿野和千草看了一眼，搔了搔頭。「沒辦法。深町，你去找個地方把她們兩個藏好，不管是垃圾子母車還是焚化爐裡面都行。我趁這個空檔收拾望遠鏡。」

「好，知道了。」我點點頭。「初鹿野、荻上，跟我來。」

千草乖乖跟在我身後，初鹿野卻呆呆站在原地，似乎在思索些什麼。

「初鹿野，快點。」我說著，要去抓她的手，她卻躲過我的手，跑向檜原身邊，幫忙他拆解望遠鏡。

相信初鹿野多半是想到，不如先把望遠鏡收好，再四個人一起找躲藏的地方，這樣效率還比較好。她是在情急之下，判斷她不會妨礙檜原，反而可以幫助他快點拆解完，所以才會無視我，跑去幫忙檜原。這是非常自然的想法。

即使明知如此，當初鹿野躲過我的手跑向檜原時，我仍然感受到一種無以言喻的不安。總覺得她的行動當中，蘊含某種比表面含意更深沉的意義。

到頭來，那些來試膽的傢伙並未來到屋頂，只在一樓閒晃三十分鐘左右，打破幾扇玻璃窗就回去了。在等待他們離開時，我們都擠在一起躲在屋頂的建築物後方，屏氣凝神地一動也不動。等車聲漸漸遠離，我們才鬆一口氣，站出來伸了伸懶腰。或許是因為剛擺脫緊張的情緒，讓我們的心情莫名高昂，我、檜原和千草都莫名其妙地笑了，初鹿野的表情中看似也少一些平時的僵硬。

從這一天起，我開始小心留意初鹿野和檜原的互動，於是發現她在檜原面前會頻繁露出各種在我面前絕對不會顯露出來的表情。一旦開始在乎，就接連發現各式各樣初鹿野對檜原另眼相看的證據。看樣子初鹿野受到檜原吸引。她對檜原有好感的態度表現得十分明顯，連我這種對旁人心意相當遲鈍的人都看得出來。只要在檜原面前，初鹿野的笑容就會明顯增加；一旦離開檜原，初鹿野的表情就會露骨地黯淡下來。

初鹿野的行動漸漸變得越來越明顯。在屋頂觀測星星時，她開始纏著檜原不放。我不知道她這種行動是出於戀愛之情，還是出於同樣喜歡天文的同伴情誼，但至少初鹿野聽檜原講授天文知識時，要比和我獨處時開心多了。當我注意到這個事實時，頓時感到眼前一黑。後來，每當我看到他們兩人肩並著肩親熱地談話時，心悸就停不下來，並感受到一種彷彿落入陰森海底的絕望。

我心想，這豈不是和安徒生的《人魚公主》一樣嗎？我明明是想獲得初鹿野的愛，才不惜賭命去除胎記，並試圖把她從絕境中拉出來，卻發現這項功勞被別的男生搶去。這就和想得到王子的愛，不惜賭命得到人類的模樣，結果從絕境救了王子的功勞卻被另一個女人搶走的人魚公主相同。

但我不能責怪檜原。他並不是主動引誘初鹿野，只是對這個和他一樣對星星有興趣的女生產生好感，親切地回應她的要求而已。

在這段天文觀測的日子，我和檜原也漸漸找回國中時相處起來很舒服的那種關係。說來令人懊惱，但我似乎就是很中意檜原這個男生。到頭來，最了解我的人就是檜原，而最了解檜原的人就是我。要我恨他實在太難了。而且，把初鹿野和檜原這兩個本來不可能有交集的人串連起來的不是別人，就是我。這是我自己播下的種子。

雖然我滿心想搶回初鹿野，但看著初鹿野熱心聽檜原說話的模樣，就覺得自己只是個礙事的人。事到如今才硬要把他們分開，多半只會讓初鹿野難過。我每天都去圖書館，想盡可能追上檜原的天文知識，但只靠這種臨時抱佛腳的學習根本無濟於事。我學得越多，反而越是深深體認檜原的知識量有多麼驚人。

要說有什麼不幸中的大幸，就是檜原並非受到初鹿野吸引，而是看上了千草，但我又覺得，認為這是一種幸運的自己實在沒出息得不得了。要是千草喜歡檜原，我就好辦了——當我發現內心深處有這樣的願望時，簡直羞恥得想找個洞鑽進去。

屋頂上的四個人當中，就屬我腦子裡想的東西最為陰險。我好不容易才得到平凡的外貌，心卻醜陋得遠非常人所能相比。當我臉上還有胎記時，從不曾有過這種情形。自從我開始認為，也許連我這樣的人也能得到一些東西的那一瞬間起，心中便產生慾望。現在就是這種慾望擾亂了我的心。

我和千草並肩坐下，喝著她準備的冰紅茶，看著初鹿野和檜原隔著望遠鏡相互依偎的模樣，深深嘆一口氣。

「世事就是不盡人意呢。」千草推知我的心情而說出這句話。

「是啊，不盡人意。」我說夢話似地複述千草的話。

「一切都微妙地錯過了，要是能來個機器神（註3）解決這一切就好了。」

「是啊，真希望祂能幫忙轉一下兩個箭頭的方向。」

「兩個？」

千草對於檜原指向她的箭頭毫無自覺，不由得疑惑地歪了歪頭。

「真不知道事情為什麼會弄成這樣。」我自顧自地發著牢騷。

「……深町同學似乎不喜歡這樣，但我很喜歡這種關係。」千草回答。「當然最重要的理由，是因為能和深町同學在一起。可是，不只是這樣。該怎麼說呢？我們這四個人在一起時，我就可以做我自己。」

我想了一會兒後，說道：「是啊，雖然不想承認，但我對妳的說法也有同感。」

「沒錯吧？」千草瞇起眼睛。「雖然不知道會持續到什麼時候，但我喜歡這樣的時光。如果可以，希望這種時間能持續得越久越好……當然，如果深町同學願意選擇我，那又另當別論。」

每當千草這樣對我表明好感，我的胸口就一陣隱隱作痛。我無法承受她的心意固然是原因之一，但更重要的原因在於，她喜歡上的並不是本來的我。從某種角度來說，我等於是一直在欺騙她，這種罪惡感讓我的胸口隱隱作痛。

「荻上。」

我再也忍不住，繞了個圈子開口，又或者該說是自白。

「如果妳現在看到的我其實是假象，妳會怎麼做？例如說，如果我的臉其實醜得讓人無法直視，妳認為我們還能發展出像現在這樣的關係嗎？」

千草睜大眼睛，歪了歪頭。

「啊，你該不會是指胎記吧？」她若無其事地說道。「如果那樣就會討厭你，我打從一開始就不會喜歡上你啦。我反倒希望深町同學能變回以前有胎記的模樣，這樣我就

註3：Deus ex machina，語出古希臘戲劇。意指在場面陷入僵局時，突然介入而解決一切難題的外力。

不用應付那麼多競爭對手。」

看到我震驚得說不出話，千草覺得好笑似地笑著說：

「你以為我連這點事情都不知道嗎？話說在前頭，就如同你很希望了解初鹿野同學，我希望了解你的程度應該不會輸給你。」

「……我越想越受不了自己膚淺的想法。」

我雙手撐在地上，仰望天空。

千草早已察覺，而我也隱約猜到。我們都知道這樣的時間不會持續太久，在不遠的將來一定會維繫不下去。

八月七日是新月。拿著雙筒望遠鏡往夜空看去，可以觀察到從織女星與牛郎星之間流過的銀河當中，散布著許許多多星團與星雲。

八月十二日晚上，我們沒帶天文望遠鏡和雙筒望遠鏡，爬上鎮上最高的山丘，躺在路上看著英仙座流星雨。就是訓導主任遠藤提醒我們不要錯過的那場流星雨。由於從一九九一年到一九九四年，流星雨的母天體斯威夫特．塔特爾彗星回歸所造成的影響，讓英仙座流星雨的數量遠超過往年的紀錄。在迎來流星雨高潮的十二日夜晚，平均每小時更可以觀測到五十顆以上的流星。我心想，有些人也許一輩子也不曾看過這麼多流星吧。初鹿野露出天真的笑容看著夜空的模樣，在我心中留下深刻的印象。我一直以為這是她的心病逐漸痊癒的證明。

八月十三日下雨，我們各自度過睽違已久的一個人夜晚。

八月十四日下了比前一天更大的雨。

八月十五日，初鹿野暗自跳海。

我們四個人這段短暫的交友關係，就這麼宣告結束。

第8章 最後一支舞，留給我

電話是在八月十四日的下午兩點多響起。這時，我在自己房間裡翻開天文學的入門書，學習變星的聯星運動。外頭下著大雨，雨點打在窗上，風搖動樹木的聲響不絕於耳。雙親都出門工作，家裡只有我一個人。

我一聽見電話鈴聲就丟下書本跑下樓，抓起話筒抵到耳朵上。

「喂？」

沒有回應，一陣很長的沉默。我猜到這一定是初鹿野打來的電話，怎麼想都覺得除了她以外，沒有人會做這種事。

「是初鹿野嗎？」

我詢問電話另一頭的人，但還是沒有回應。

看來並不是像上次那樣，兩邊的電話都響起而接通本來不可能接通的線路。這次的沉默充滿確信，讓我覺得對方是充分認知到通話的對象就是我，卻仍保持沉默。只是這不太像是有什麼意圖而始終不說話，比較像是猶豫著要不要說出一件事的沉默。

接著，電話唐突地掛斷了。我狐疑地心想到底是怎麼回事，放下話筒。

正覺得雨聲聽起來格外清晰，才看到玄關的窗戶沒關，窗邊都積了水。我關上窗戶，拿抹布擦乾地板之後，又把整棟房子的窗戶都檢查過一遍。

我回到自己的房間，再度針對剛才的電話思索一番，忽然想到——

當時該說話的人，也許是我。

也許她並不是故意不說話，而是一心一意在等我說話。

我有種心神不寧的感覺。我在襯衫外頭披上一件防寒連帽外套，連雨傘也不拿就跑出去，跳上自行車前往初鹿野家，在短短幾分鐘內抵達目的地，然後催促似地連按玄關門鈴，幾秒鐘後露臉的是綾姊。

「……怎麼，原來是小陽啊？」

她說得十分沮喪。從她的反應看來，我不祥的預感似乎猜中了。

「唯同學出事了吧？」我問。

「對。」綾姊點頭。「看你的樣子似乎知道什麼。先進來再說，我借你毛巾。」

「請妳在這裡就告訴我。」

綾姊正要轉身進去，聞言轉回來面向我，嘆了一口氣。

「唯失蹤了。昨晚她就和平常一樣出門，直到現在還沒回來。當然如果只是這樣我才不會擔心，她離家一天以上的情形並不稀奇，而且晚回家也可能是因為下雨的緣故……可是，我總覺得這次有種不好的預感。」

我遲疑一會兒，然後說：

「我剛才接到一通無聲電話。雖然沒有根據，但我想，那多半是唯同學打來的。沉默持續了兩分鐘左右，然後電話就唐突地掛斷了。」

「如果那是唯打來的，也就表示她目前還平安吧。」

綾姊鬆一口氣似地閉上眼睛。

「妳說不好的預感是指？」

「現在回想起來，唯昨晚有點怪怪的。」綾姊看著窗外的雨說。「昨晚，我碰巧在廚房撞見正要出門的唯。我肚子餓了，正在翻找冰箱，她則準備從後門溜出家門。換成是平常的唯，就算撞見我也只會把臉撇開，昨晚卻不一樣。她在廚房入口停下腳步，視線直直看向我，像看著什麼稀奇的東西似地眨了眨眼，但我只裝作不知道。過了十秒鐘左右，唯才總算不再看我，走向後門。但是她從我身旁走過時，對我深深一鞠躬。小陽，你應該可以了解這情形有多麼反常吧？」

「當時唯同學什麼都沒說嗎？」

「嗯，她什麼都沒說。」綾姊的表情突然黯淡下來。「我跟你說，雖然可能是我想太多……但是以前，我的同班同學要自殺的時候，感覺也是那樣。」

「同班同學？」我反問。

「說來我跟那個女生的交情很差，畢竟她看起來很討厭我，我也不爽單方面被討厭因而討厭她。大概在國中二年級的秋天，她突然不來學校。然後大概過了一個月，她突然打電話給我，單方面講了很多。我很想問她為什麼不來學校，但她似乎不希望我問，所以我就沒有問。她要掛斷電話前，還一反常態地對我說：『今天很謝謝妳。』然後就沒有下文了。」

「沒有下文？」

「她掛斷電話的幾小時後就自殺了。」綾姊維持一定的聲調這麼說。「她被人發現在沿海的防風林裡上吊，連一封遺書也沒有。後來過了幾天，我才發現『啊啊，那通電話就是訊號啊』。那聲『謝謝』從某個角度來看，就像是垂死的哀號。」

我把她的話說得更白。「綾姊是認為，唯同學等一下就要去自殺，是吧？」

照常理推想，這說不通。初鹿野最近看起來正迅速痊癒，幾天前一同觀看英仙座流星雨時，她不也那麼開心嗎？為什麼她會在這個時間點自殺？

我心想，不對，也許不是這樣。初鹿野會不會正是因為決定要在這個時間點自殺，才會顯現痊癒的跡象？會不會是因為再過幾天就能告別這個世界，她才能那麼純真地享受當下？

「我不知道。」綾姊搖搖頭。「只是，這個可能性也是有的。我有去報警請警方協尋失蹤人口，但似乎沒辦法讓他們認真當一回事看待。現在是爸媽出去找她。」

「我們也去找唯同學吧？多一個人都好。」我這麼提議。「我會跟朋友們都聯絡看看。不好意思，可以借用一下電話嗎？」

「電話你儘管用。」她轉身指向走廊上的電話。「只是，不好意思，我不能陪你去找她。」

聽綾姊這麼說，我加重語氣反駁：

「現在不是無謂賭氣的時候吧？我敢斷定，要是就這麼放著唯同學不管，萬一她自殺，妳一定會後悔。雖然我不知道會是在幾天後還是幾年後，總之，妳之後一定會為了今天的決定而後悔。妳沒有自己想像中那麼恨妳妹妹。」

「這種事我怎麼會不知道？」綾姊也不認輸地放粗嗓子。「只是，我是在等她打電話回來，所以不能離開這裡。」

「妳有什麼根據可以確信她會打電話回家嗎？」

「沒有。可是，現在才去找她也沒用的。如果那孩子真心想尋死，我們沒有辦法阻止她。畢竟那孩子的腦袋很聰明，不會出那種被人找到的紕漏，也有可能她早就已經自殺……可是，如果她還有迷惘，不就有可能會像打電話給你那樣，也打電話回家裡嗎？這樣一想，對我來說最佳的選擇，就是留在家裡等電話。」

我和綾姊互瞪了好一會兒。說來令人不甘心，但她說的話也有道理。除非初鹿野想讓我們找到她，不然我們現在才去找，會不會只是白忙一場？我們能做的，會不會只有等她的決心鬆動，抓準她的意志往我們這邊動搖的那一瞬間？

但我已經錯過那一瞬間。要等她的心意再度擺盪過來，多半沒什麼希望。如此一來，我除了主動出擊之外，別無他法。

我從綾姊身旁走過，站到電話前，先撥了檜原家的號碼，鈴響十聲後，檜原的弟弟接起電話。我問檜原現在人在哪裡，他回答出門去了；我問他知不知道檜原會去哪些地方，他只冷漠地回答「不知道」就掛斷電話。外頭下著這種大雨，相信檜原總不會是去準備觀測天象，這樣一來，我對他的去向完全無從猜起。

我打電話到千草家，她本人立刻接起電話。

「我沒時間說明詳情。」我一開口就這麼對她說。「初鹿野失蹤了，我希望妳能幫忙找人。」

『呃……你是深町同學，對吧？』

「沒錯。不好意思下雨天還找妳出來，麻煩妳馬上準備出門。」

『初鹿野同學出了什麼事嗎？』

「不知道。可是初鹿野的姊姊說有不好的預感，我的看法也跟她一樣。老實說，短短一個月前，我就曾目睹初鹿野自殺未遂，她也許是想再度自殺。」

我本以為只要解釋到這裡，千草就會二話不說地答應。

但事態並未如此發展。

千草不說話，話筒另一頭的時間彷彿就此靜止。

「妳怎麼了？為什麼不說話？」我問。

『深町同學，你聽我說。』千草以鎮定的聲音說。『我現在要說幾句壞心的話，請你不要討厭我喔。』

「沒有時間了，我現在沒空閒聊……」

『我們就別管初鹿野同學了吧。』

起初我還以為自己聽錯。不，也許應該說我的大腦拒絕理解這句話。因為我知道的千草，不是會說這種話的女生。

「妳剛剛說什麼？」我明知沒有意義還是回問。

千草不回答我的問題，以平板的聲音回答：『深町同學，你知道女巫為王子快要被其他女生搶走的人魚公主，準備了什麼樣的補救措施嗎？』

「……妳到底在說什麼？」

『就是用短刀殺了王子。只要用短刀刺在王子胸口上，讓他的血濺到自己身上，人魚公主的雙腳就會變回尾巴，也就能夠再度變回人魚活下去。』千草自問自答，還不讓我插話似地說下去：『深町同學參加的賭局中，如果掌握勝敗關鍵的初鹿野同學死亡，勝敗會怎麼決定呢？深町同學的戀情能否開花結果，將變成永遠解不開的謎，而賭局多半就無法成立。這樣一來，深町同學八成能保住性命吧？』

「等一下。」我大聲打斷她的話。「妳為什麼會知道賭局的事？我應該沒和任何人提過。」

我當然得不到回答。

『所幸初鹿野同學是自己期盼死亡，深町同學只要尊重她的意思就好，不必用短刀刺她。』她清了清嗓子。『深町同學，你一定以為初鹿野同學的絕望，是起因於臉上的胎記吧？』

「……難道是跟『空白的四天』發生的事情有關嗎？」

『就是這樣。』千草承認。『她想透過自己的死，贖清一種罪。』

「荻上，算我求妳，聽我說。」我懇求她。「雖然我非常想知道妳說的這件事，而且包括妳得知這些事的緣由在內，我有很多事情想問，可是，我現在沒有時間。說不定在我們講電話的時候，初鹿野正一步步走向死亡。我非得去找她不可。」

『是嗎？』千草說得很遺憾。『那就請你這麼做。我會在這裡，祈禱深町同學找不到初鹿野同學。』

電話掛斷了。我的疑問多得數不清，但還是先保留這些疑問，走出初鹿野家。我首先就趕往鱒川旅館廢墟，翻遍廢墟的每一個角落，但仍找不到初鹿野的身影。接著，我去了神社公園、防風林、美渚一高、以前讀的國小、茶川車站等等，凡是我覺得她會有感情的地方全都找過一遍。風雨隨著時間經過不斷變大，我全身濕得像是跌進游泳池，球鞋也沾滿泥巴，看不出原來的顏色。綾姊說得沒錯，如果初鹿野真心想要不被任何人找到而自殺，其他人根本不可能阻止她。

不對，如果我和初鹿野更加交心，也許現在會有辦法找出她的去處。但實情並非如此，到頭來我對初鹿野所想的事情，連一半都沒能弄懂。

我最後又去鱒川旅館找一遍，還是找不到初鹿野。深夜兩點左右，我再度去到初鹿野家。我連門鈴都不太敢按，輕輕敲了敲門，結果綾姊立刻跑出來。她一看到我的臉，就搖了搖頭。

「她也沒打電話回家吧？」

「嗯。」綾姊無力地點頭。「你那邊呢？」

「還沒找到。我打算把覺得有可能的地方都再找過一遍。」

「夠了，你也累了吧？」綾姊的口氣像是在憐憫我。「你休息一下再走，淋浴間可以借你用，你先把濕衣服換下來，我爸的衣服也可以借你穿。」

「謝謝妳。可是，請不要管我，反正馬上又會弄濕了。」

綾姊抓住我的肩膀。「聽我說，你至少休息個三十分鐘再走。小陽，你知道自己現在的臉色有多糟嗎？簡直像死人一樣。」

「我生來就長這樣，常有人這麼說我。」

我揮開綾姊的制止，再度衝向雨中。

我一直搜索到天亮，但到頭來，還是沒能找到初鹿野。

我和一群正要去做廣播體操的小學生擦身而過，回到家裡。一到家也不先把淋濕的衣服脫掉，而且明知這個時間打電話很沒常識，還是先打電話到千草家，因為我想知道她說到一半的那件事。我有一大堆問題想問，然而電話響了十聲後，仍然沒有人接起電話。會是全家人都還沒起床嗎？又或者是已經出門了？

我死心地放下話筒，脫掉淋濕的衣服沖了澡後，泡了個長時間的熱水澡，腦子裡一片空白。我泡完澡後換上睡衣，挖出電子鍋裡剩下的冷飯，淋上生雞蛋吃完，接著花很多時間仔細刷完牙後，躺進被窩裡。

我本以為在這種一顆心懸在半空中的狀況下，自己根本不可能睡著，沒想到轉眼間就失去意識，後來的五個小時左右，我都睡得像一灘爛泥。

我被窗簾縫隙間照進的銳利陽光叫醒。今天的天氣和昨天大不相同，是個令人心曠神怡的大晴天。我感覺到一種像是還少睡三小時的頭痛，但還是死了心，從被窩裡爬起來。總覺得一切彷彿都是一場惡夢，但同時我也理解到這些都是現實。我下樓梯站到電話前，拿起話筒打到初鹿野家，鈴響第二聲時，綾姊就接起電話。

『我正想打電話給你。』她嚇了一跳。
「也就是說，事情有進展了？」
『嗯。』綾姊的聲音疲憊到極點。『……眼前至少是避開了最壞的事態。唯活著被人找到了。』
我暗自鬆一口氣，當場癱坐下來。
但綾姊的說法讓我覺得事有蹊蹺，就好像同時有好消息跟壞消息，而她只是先把好消息跟我說。
「妳的意思是，至少最壞的事態是避開了，可是，發生了不好的事情這點並沒有改變，是吧？」
『就是這麼回事。』綾姊承認。『我們不好的預感應驗了，據說今天清晨，唯跳進大風大浪的海裡。』
我忍不住發出「啊」一聲。大海，這完全是個盲點，我為什麼沒有去海邊找呢？是初鹿野第一次自殺未遂留給我的印象太強烈，讓我一直以為她下次也會選擇上吊自殺嗎？另外，海這個地方對我來說太貼近，多半也是理由之一。
『她能得救，真的只能說是奇蹟，看來是湊巧被漲潮沖回沙灘上。找到她的是一對早晨在海岸附近散步的老夫婦，聽說他們立刻打了一一九，而且太太還有救生員資格，在救護車抵達前幫忙做了適切的急救措施。唯才剛恢復意識，還處在嚴重錯亂的狀態中，但似乎可以開口說話，所以大腦應該沒有受到太嚴重的創傷……只是，她暫時還不能會客，連家人都不能見，小陽大概更難見到她。』

我屏息聽著綾姊說話，已經連該有什麼樣的心情都搞不清楚。我該為初鹿野平安獲救而高興？該為她自殺未遂而難過？還是該感謝不幸中的大幸？

「唯同學接下來會怎麼樣？」

『剛才爸媽商量過這件事，說是等唯出院，要把她寄在祖母家療養。她多半會在那裡過上一陣子和外界隔絕的生活吧。』

「原來如此……這樣也許真的對她最好。」

綾姊安慰我說：

『小陽，我覺得你已經做得很好了。無論你被唯這個以前的朋友如何拒絕，你都不放棄，但又不是蠻橫地硬來，而是保持適當的距離，很有耐心地說服她，甚至和她發展成每天晚上會一起出門的關係。不只是這樣，你甚至成功幫唯交到新朋友。看在離她最近的我眼裡，我敢斷定除了你以外，沒有人能完成這樣的任務。換個角度來說，不管是誰、有多麼努力，都不可能消除她追求毀滅的願望。事情不就是這樣嗎？』

「謝謝綾姊。」我道謝，但還是補上這麼一句話：「很對不起。」

『就說你不用道歉啦。』

綾姊以心力交瘁的聲音笑了笑。

電話掛斷後，我立刻打給千草。她對我參加的賭局知道得很清楚，對此我非得問個明白不可。

或許是睡著時腦袋經過整理，不知不覺間，我的腦子裡已經針對千草熟知賭局情形的理由擬出一個假設。

那是個非常單純的假設。

荻上千草，是這種奇妙賭局的過來人。

就假設電話中的女人找去參加賭局的對象不只有我一個吧。雖然我不知道她是找幾個人還是幾百人，但總之，除了我以外她還找了別人參加賭局，千草也包括在內。而且，千草漂亮地贏得賭局——又或者即使並未獲勝，但仍使用某些方法熬過了賭局——成功地存活下來。因此，她才能察覺到這個叫做深町陽介的同班同學，正像過去的她一樣面臨賭局的挑戰，並且她還知道賭局的漏洞。

我怎麼想都覺得，從現階段已經揭曉的事實所能推導出來的假設當中，再也沒有比這更妥當的推論。當然也可能只是我忽略某些重要的事，但即使考慮到這個可能性，千草是賭局過來人的假設，就是有種很不一樣的說服力。

『喂？』千草接起電話。『是深町同學吧？』

「沒錯。找到初鹿野了，聽說她是在今天清晨跳海。雖然幸運地撿回一條命，但似乎暫時很難會客。」

『這樣嗎？』千草只說了這句話，似乎別無其他感想。她鎮定得彷彿從一開始就知道事情會演變成這樣。

「我想問昨天沒說完的事情。」我說。

『那麼，請你來我家一趟。這說來話長，而且我有東西想讓深町同學看看。』

「有東西想讓我看？」

『如果你能盡快過來，會幫了我很大的忙。因為我已經沒有多少時間。』

說完，千草就單方面地掛斷電話。

沒有多少時間？

我納悶著這句話是什麼意思。意思是說，她想給我看的東西，會隨著時間經過而消失或耗損嗎？

不管怎麼說，我還是照千草的話做，前往她家。

各式各樣的事物正漸漸走向尾聲。道路上到處都散落著蟬的屍體，還有密密麻麻的小螞蟻聚集到乾枯的屍骸上，從遠方看去，就好像地面本身在蠢動。

不知不覺間，如雨的蟬鳴聲已經改由寒蟬聲占去大半，夏天已漸漸進入尾聲。炎熱的天氣多半還會持續好一陣子，但氣溫已經不會再上升，只會不斷下降。

我走進坡道錯綜複雜的住宅區，不一會兒便抵達千草家。晾在二樓陽台晒衣竿上的衣物，暢快地隨風飄揚。

我站在玄關正要按下門鈴時，聽到庭院那邊傳來叫我的聲音。

「這邊。」

我轉頭看向聲音傳來的方向，踏上整理得十分工整的草皮。

千草已經在那裡等我。

我看到坐著輪椅的千草，心中懷抱的種種疑問都一起消散。

「深町同學，我想去海邊。」

千草說完，頭微微一歪。

她的手上有一朵小小的白花。

*

國小三年級的初夏，我這輩子第一次體驗住院的生活。

當時我受傷的部位也是腳。我騎著自行車，騎下通往海岸的坡道，動念想試試看不按煞車能衝到哪裡。我一路衝到坡道的最後一小段，正覺得：「漂亮，我衝完了！」前輪就遇上高低落差，我的身體被高高拋上空中。所幸我在即將碰上高低落差前轉了向，這才免於一臉栽到地上，但我的左膝重重撞上柏油路面。

第一間醫院診斷為跌打傷，但疼痛非常劇烈，我別說要走路，連膝蓋都不能彎。我去另一家醫院再度就診，結果發現是要兩個月才能痊癒的膝蓋骨骨折。這是我第一次受到嚴重的傷，記得媽媽比我還要慌張。

雖然我現在已有心思享受住院的生活，但對當時還只是國小三年級生，又是這輩子第一次住院的我而言，成天躺在床上度過的時間，漫長得與永恆無異。起初我根本不知道該怎麼消磨時間，無聊得快要發瘋。那是一種好像只有我的時間停住的感覺。一天三次的用餐時間是我唯一的刺激與娛樂，雖然餐點多半很清淡，基本上就是些醋醬菜、黏稠的水煮蔬菜、調味很淡的湯、沒有油脂的魚等等，但偶爾會端出加了醬汁或番茄醬等調味料的菜色，光是這樣就能讓我心滿意足好幾個小時。

爸爸希望能排遣我的無聊，買了各式各樣不同領域的書給我。當時我沒有閱讀的習慣，是個別說印滿字的書，連圖鑑都不怎麼看的小孩，但由於除此之外我也沒有別的事情可做，只能乖乖看這些書。我不去想這些書好不好看、有沒有意義，只是追著眼前的文字走，看著照片與插圖。讀著讀著，我漸漸從中找出不少樂趣。

有一本書我一再重看，那是揭曉魔術手法的書，裡頭提到很多電視上常見的魔術，像是猜中隨手抽出的撲克牌花色、把杯子裡的硬幣變不見、讓手杖飄上空中等等。書上針對這些魔術背後有著什麼樣的機關做了非常完善而仔細的說明。

儘管內容複雜又難懂，但身為魔術師的作者，行文非常流暢又好讀，讓我懷著一種像在聽人講述世界另一頭的故事的心情，把他所寫的文章看下去。現在回想起來，我多半不是在欣賞各類魔術手法，而是欣賞作者在概觀這一切手法時，對於人類心理死角的想法。大多數人在提及閱讀的起點時，多半會提到小說或散文隨筆，我卻是從講解魔術的書中學到閱讀的樂趣。

如果那時候父親買給我的是天文學的書籍，我現在會不會成了像檜原那樣的天文迷呢？不，到頭來我對魔術也是一、兩個月就膩了，所以就算換成天文學的書，多半也是一樣吧。不管怎麼說，這樣的假設再多也沒有意義。喜歡上星星的深町陽介所度過的人生，多半會和存在於此時此地的深町陽介所度過的人生完全不一樣。這樣一來，或許我根本不會喜歡上初鹿野。

我住的病房是男女同房，裡頭一共住了四個小孩，三個男生一個女生。雖然每個人受傷的部位都不一樣，但全都受了很重的傷。

對面病床上的女生似乎和我一樣是腳骨折，一隻腳打上石膏。她沒受傷的腳極端細瘦，另一隻纏上好幾層繃帶的腳又顯得那麼粗，就像招潮蟹的螯一樣不平衡。雖然不知道她是因為住院生活而氣悶，還是本來個性就陰沉，總之她隨時都是一臉陰沉的表情。話說回來，我也不曾看過有哪個長期住院的病人會隨時在病房裡散播笑容。

這個女生的母親每三、四天會來探望她一次，頻率絕對不算低，但這位母親每次來到病房，都會在十分鐘內就說「媽媽很忙」而匆忙離開，沒有一次例外，這似乎反而加深女孩的寂寞。每次女孩的母親來探望她，她都努力想在十分鐘內讓母親了解她住院生活的難受，單方面地訴說各種牢騷與不滿。工作勞累的母親則露出厭煩的表情，將這些話當作耳邊風，隨即以工作太忙為理由逃回家。相信這位母親的忙碌是不折不扣的事實，但我不由得心想，與其這樣，她還不如別來探望。

等女孩的母親離開後，她會把頭埋進枕頭裡哭泣。每次目睹這一連串過程，我就變得很憂鬱，心想她們為什麼不能好好相處？為什麼不能更坦率一點？女孩其實也不想跟媽媽吵架吧？我恨女孩的笨拙，但現在回想起來，也許我是自覺到自己也有著同樣的笨拙，才會那麼不耐煩。

我一直很討厭愛哭的她，而她也討厭我。媽媽會頻繁地來探望我，而且一待就很久，這似乎讓她很生氣。她每次都怨懟地看著我媽來到病房，幫我換花瓶裡的花或是在我的石膏上塗鴉。等探望結束，病房只剩我一個人，她就會花很長一段時間一直瞪著我，彷彿在說她絕對不會忘記這筆帳。

只有經歷過的人才會懂，人一旦腳骨折住院，就得嘗到各式各樣的不便與悲慘。說得誇張一點，是會被奪走好幾種身為人的尊嚴，並受到完全無法抗拒的無力感侵襲。我和她也許是為了抗拒這種無力感，才會就近找個人怨恨，藉此勉強維持活力。

我和她之間締結停戰條約，是在我住院過了一個月左右的時候。這一天，我一如往常在床上看書時，聽見天色已經昏暗的窗外傳來慶典的音樂聲。

我護著受傷的腳，花了很多時間用一隻腳站起來到窗邊往下一看，看到幾十個人沿著昏暗的馬路走向同一個方向。很多人攜家帶眷，也有很多穿著制服、看似放學回家的學生，年紀看來跟我差不多的小朋友亦不少。每個人都相視歡笑。

我觀察著馬路上流動的人潮，從中發現幾個同班同學。我反射性地想喊他們，但在即將出聲之際又打消這個念頭。要是我現在和他們聊上幾句，也許暫時可以排遣寂寞，然而，我一旦從病房窗戶和前往慶典的他們打上照面，這一瞬間，他們和我之間就會劃出明確的界線——我就是有這種感覺。

我心想，不對，也許界線已經劃出來了，只是我以前對界線的存在沒有自覺。我和學校的同學們之間，已經產生無法挽回的隔閡。我躺在床上數著天花板的汙漬時，他們則和朋友度過無可取代的時光，製造許多寶貴的回憶。

我覺得自己孤伶伶地被整個世界拋在後頭，不知不覺間眼睛滲出了淚水。我趕緊擦擦眼睛，在淚水滴落之前就先擦掉。我坐在床上，慢慢深呼吸，用力閉上眼睛，等待淚腺的活動平息。

這時，我忽然聽到不遠處傳來啜泣的聲音，看來並不是我沒發現自己發出了哭聲。睜開眼睛一看，那個女生正從病床探出上半身，從窗戶往外看。

她的臉頰被眼淚沾濕了。

我心想，相信她一定也正在咀嚼和我差不多的孤獨感。

我覺得那個時候的我之所以會想安慰她，是因為我早就知道這麼做便能兜個圈子撫慰自己。也就是說，雖然要撫慰自己的不幸很困難，但要撫慰和自己相似的他人不幸就沒有那麼難。而且，只要證明撫慰與自己的不幸很相像的他人不幸並不難，要撫慰自己的不幸也就變得輕而易舉。就是這麼一回事。

我從床頭櫃拿出手帕，從桌上的花瓶抽出一枝小小的白花折成適當的長度。等做完必要的準備後，我用一隻腳小心站起身，叫了她一聲。

她趕緊擦掉眼淚轉過頭來，我將雙手手掌舉到她眼前，讓她看清楚我手中什麼東西都沒有。她睜大眼睛看看我的手，又看看我的臉，以還摻雜著打嗝聲的聲音問：「有什麼事嗎？」

「妳覺得是什麼事？」

我反問，並且為了解除對方的警戒心而露出笑容。我的笑容想必非常僵硬。

「妳馬上就會知道。」

我用手帕蓋住左手，並以右手灌注念力似地摸了摸，然後迅速抽走手帕，把底下露出的白花遞給她。她睜大眼睛，連連眨眼，戰戰兢兢地雙手接下花，從各種角度端詳。她確定這朵花不是人造花，而是真正的花之後，愛惜地插進枕邊一個小小的花瓶裡。然後她再度轉身面向我，哭腫的臉上笑咪咪地露出微笑。

從此以後，我開始每天練習一種魔術，在她面前表演給她看。等吃完晚餐、餐具收走之後，她會對我招手，雙手很有規矩地放在膝上，等我的表演開始。我用一隻腳走過去坐到椅子上，擺出一副早就純熟無比的表情，表演當天拚了命暗中瘋狂練習的魔術。無論魔術表演得好或不好，她都會用一雙小手拚命鼓掌。

漸漸的，我們之間不再需要靠魔術連繫，也會自然而然地交談。我們聊的幾乎都是飯菜真好吃、對護士包繃帶的手法不滿意之類沒什麼營養的話題。

只有一次，她提到我臉上的胎記。

「你臉上這片痕跡一直都不會好嗎？」

「啊，這個呀？」我輕輕碰了碰臉上的胎記。「這是從出生就有的，不是受傷。」

「是喔，出生就有的啊……」她不可思議地看了看我的胎記。「都不會痛不會癢，對吧？」

「是啊，完全不會。」

「太好了。」她鬆一口氣似地露出微笑。

後來，她說了唯一一次喪氣話。

「如果你必須一輩子坐輪椅生活，你會怎麼辦？」

我表演完魔術，正在收拾道具準備回自己床上時，她對我問起這個問題。

我抓住窗框站起身，針對她所說的話思量好一會兒。

「不知道，想都沒想過。妳怎麼會問這個？」

她低頭露出空洞的笑容。「因為我說不定就會變成那樣。」

「是醫師這麼說嗎？」

「是啊。從很久以前，醫師就說變成那樣的可能性不是零，還說至少會留下一點神經麻痺的症狀。」

我思索了很久後，回答說：

「換成是我，大概會大哭一場吧。會哭很多天很多天，盡情對媽媽、護士還有妳遷怒或是耍任性。因為我覺得，如果一輩子都不能走路，鬧這麼幾下也會得到原諒。」

她說著「就是說啊」並連連點頭，彷彿每點一次頭就加深認同的程度。接著，她忽然想起什麼似地抬起頭，拉著我的袖子讓我坐在床上。她用雙手抬起打了石膏的腳，費力地微調好姿勢後，輕輕從後方抱住我，把額頭埋在我背上哭泣。

連當時的我也隱隱約約懂得這就是她的「耍任性」，所以什麼都不說地接受她這般行為。她哭了很久，彷彿想把全身的水分都哭出來。當時還不滿十歲的我，不知道該對她說什麼才好，一直不說話。即使到了十六歲的現在，我還是想不到那個時候該對她說什麼才好。

我出院時，她說「等我腳好了就要去找你」，問了我的地址和電話號碼。我也很想知道她的地址和電話號碼，但心想等她打來的時候再問就好。接著我還想到，在那之前可得先學會各式各樣的魔術才行。

國小三年級時的我，樂觀得遠非現在的我所能相比。

我出院後過了一個月、兩個月，始終未收到她的聯絡。半年都過去了，她還是連一通電話也沒打來。

等到一年過去，我領悟到自己多半再也見不到她。她不可能違背跟我訂下的約定，也就是說，她的腳沒治好。

我漸漸忘記這個女生。在我心中，她的存在感一天比一天淡，我只會在經過大醫院時想起「對了，記得有過這麼一個女生啊」；過不了多久，這點印象也跟著消失，我連她的長相和名字都忘了。

我和她共度的這段短短的夏日回憶，就這麼埋沒在記憶深處。

*

那一天，我騎著自行車衝下這條通往海邊的坡道，現在則是推著輪椅走下去。沿路生鏽的護欄都爬滿藤蔓，兩旁的防風林裡有幾千隻蟬在叫，有種彷彿置身於巨大發條式玩具當中的喧囂。

「我出院以後，荻上妳很快就出院了嗎？」我問。

「並不是很快就出院。」千草回答時並未回頭，視線始終固定投向遠方的海。「我回到國小是在你出院大約半年後。到了那個時候，班上同學早就把我忘得一乾二淨。對那種年紀的小朋友來說，要忘掉一個女生，有個半年就很夠了。雖然有一部分也是因為我的存在感本來就很稀薄。」

「但又不會像轉學生那樣得到大家的關注。」

「是啊，一點也不錯。」千草無力地微笑。「開始過起坐輪椅的生活後，我的交友範圍迅速縮小。並不是大家把我當成殘障者而歧視我，幸運的是參葉國小在這方面的教育做得很好……可是，不管同學們再怎麼不歧視我，到頭來我不會走路的事實仍舊不會改變。和我在一起就會受到各式各樣的行動限制，既不能從事比較動態的活動，只要遇到一點高低落差還得抬起我坐的輪椅。他們並不討厭我，但對於和我一起行動時所受到的限制卻由衷厭惡。大家一開始還覺得稀奇，很愛來幫我推輪椅，或是對於照顧殘障者的自己感到陶醉，但經過一週左右，這些都會被覺得麻煩的心情給壓過去，大家開始露骨地躲著我，人們自然而然地漸漸遠離我。」

我能輕易想像這種過程。我想起自己就讀的國中也有個女生坐輪椅，儘管大家並未討厭她，但沒過多久就開始躲著她。她總是在教室角落，加進學藝性社團那些文靜的女生所組成的小圈子，拚命配合她們聊天。

「以前我形容國中時代的自己是『雖然誰都喜歡我，但我無法變成任何人心目中最重要的人』，但那是漫天大謊。我想被當成一個正常人看待，忍不住撒了那樣的謊。真正的我豈止不是人見人愛，甚至是個到哪裡都受人排擠的對象。我一天會想到幾百次自己是個不該待在這裡的人。在這種時候我常常會想起，以前和一個臉上有一大片胎記的男生共度的日子，當成心靈的慰藉。對我來說，那段日子就是幸福的象徵。是我唯一能夠證明無論處在多麼受限制的情形下，仍然能夠得到美妙回憶的證據。然後也因為這樣，我更不能和你聯絡。因為一旦你拒絕我，我會連這唯一的立足點都失去……可是，我進了美渚第一高中後，在班級名簿上發現那個名字。」

千草轉過上半身回過頭來，看著我的臉。

「上頭清清楚楚寫著『深町陽介』這個名字。要說我不開心那就是騙人了，能和初戀的男生在同一個班級、一起度過高中生活，簡直像是美夢成真。但我心中害怕和你重逢的感情更勝過開心。現在的深町同學，未必能像當時那樣接受現在的我。即使能夠恢復以前那種熟稔的交情，也無望發展出更進一步的關係。畢竟對十六歲的男生而言，要交個坐輪椅的女朋友，會有很多不便。」

她再度將視線轉向前方，摸了摸自己的腳。

「我心想，只要這雙腳能動就好了。不用能自由地跑來跑去，至少能讓我走在一個人身旁就好。我也想談個平凡的戀愛……然後，三個月後，我在放學後的學校裡聽到公共電話的鈴聲。那正好是五十天前的事。」

走完下坡道，兩旁不再有防風林，陽光照得閃閃發光的巨大海面現身。在防波堤徘徊的海鷗一看到我們靠近，連忙拍著翅膀飛走。

「因為我突然能用自己的腳走路而嚇一跳的，只有醫師和家人。除此之外的人們，只有『啊啊，妳的傷總算好啦？』這樣的反應。即使對當事人來說是一輩子的煩惱，看在旁人眼裡也只不過是這點小事呢……另外，睽違七年重逢的深町同學，似乎已經忘記我。當然，只要我說自己是『那個時候跟你同一間病房的女生』，你多半會立刻想起，但我特意不這麼做。因為我覺得，不如乾脆從頭來過吧。我要忘記先前那個悲慘的自己，當一個平凡的女生。」

我們走到防波堤最前端，默默聽著海浪聲良久。海的另一頭飄著高聳得幾乎直衝天頂的厚實積雨雲。

「深町同學。」千草開口。「如果那一天，坐在你隔壁的我是個坐輪椅的女生，你覺得我們會不會就無法像現在這麼要好？」

「不會。」我搖搖頭。「我們不會並肩走在路上，而是會像今天這樣，由我推著妳的輪椅。我想只會有這樣的差別。」

千草開心地笑了。

「……搞不好，我根本不用答應什麼賭局，只要老實說『我是那個時候跟你同一間病房的女生』就好了。」

「也許是啊。」我點點頭。

「可是這樣一來，我就沒辦法和你一起在街上跑來跑去，或是偷偷溜進游泳池，所以我答應賭局也許是正確的。」她說完，併攏雙手伸了個懶腰。「……可是，我好想參加『美渚夏祭』喔，虧我還和深町同學一起練習過朗讀。」

然後，千草像是想起什麼似地翻了翻口袋，拿出一封信給我。

「你想知道的事情都寫在上面，請你晚點再看。」

我向她道謝，把信收進口袋裡。

後來，我們有一句沒一句地聊起這個夏天發生的種種，像是千草叫醒第一天上學就在課堂上睡著的我；她帶著我認識校園；我讓千草吃到她這輩子一次也沒吃過的泡麵；我們為了當壞人而一起做各種壞事；在游泳池裡裸體游泳；深夜溜出家門，四個人一起看了多得數不清的流星。

等話題漸漸說完，千草忽然仰望天空，朝正上方一指說：「深町同學，你看。」

白色的飛機雲，筆直在天空延伸。

我們看著飛機雲，出神良久。

當我拉回視線，千草已經消失得無影無蹤。

只剩下失去主人的輪椅留在原地。

往腳下一看，海面上漂著一團由海浪打在防波堤上而產生的白色泡沫。

我在防波堤邊緣坐下，靜靜看著泡沫無聲無息地消失在海中。

我心想，自己遲早多半也會走上和她一樣的路。

第9章　不屬於我的名字

翌日午後，檜原來到我家。門鈴每隔十秒鐘就被按響的情形重複很多次，我也早就聽見了，但是無法將門鈴聲與它代表的含意連在一起，花了很長一段時間才察覺到有訪客上門。

我從被窩裡慢慢起身，走出拉上窗簾而昏暗的房間，邊因為光線刺眼而瞇起眼睛邊走下樓梯。我從門鈴的按法聽出來者是檜原，他會不先聯絡就直接找上門是很稀罕的事。我心想，也許他已經搶先一步察覺到初鹿野或是千草出了事，又或者對這兩者都察覺到了。

我一開門，檜原就逼向我，他臉上罕見地有著不解與著急。

「你知道多少？」他問。

「我想由你開始說會比較快。」我走過他身旁來到外頭，在玄關前面的階梯坐下。

「你知道多少？」

檜原用有話想說似的眼神瞪了我好一會兒，但後來還是死心地垂下肩膀，在我身旁重重坐下。

「昨天中午左右，千草打了電話給我。」檜原從口袋裡拿出香菸，用煩躁的動作點火。「雖然我跟她交換過電話號碼，但這是她第一次主動打電話給我。我嚇了一跳，問說：『怎麼回事？』千草說：『檜原同學，你聽我說，要仔細聽好我接下來說的話。』我不知道她是什麼意思，但還是先答應再說。」

所謂中午左右，多半是我抵達千草家之前吧。她不但留給我一封信，還透過打電話給檜原的方式留下訊息。

檜原接著說：「她說的話很短，我聽得似懂非懂。『接下來也許會發生幾件奇妙的事情，可是，請你不要責怪任何人。』千草是這麼說的。我問：『就這樣？』她回答：『就這樣。』緊接著電話就掛斷了。她的口氣讓我很好奇，可是，那天是天文觀測的好天氣，我心想等晚上見了面再直接問她本人就好。」

「奇妙的事情？」我複誦他的話。「荻上是這麼說的沒錯吧？」

「對，一字一句都沒錯。然後昨天晚上，沒有一個人出現在廢墟。我心想，這會不會是千草所謂『奇妙的事情』？可是，我又覺得這個想法不太貼切。該怎麼說呢？我覺得照千草的個性，應該不會用『奇妙的事情』來形容這種事態，而會有不一樣的說法。然後我想到，說不定你們三個人沒出現，只不過是已經發生的『奇妙的事情』所造成的影響之一。」

「所以，你打了電話給荻上。」

「對，我等到今天下午打電話到千草家，但是沒有人接電話。這下子我開始有了不好的預感，每隔一段時間就打電話過去。直到傍晚左右，總算有人拿起話筒，接電話的人似乎是千草的母親。我問千草現在人在哪裡，她回答得吞吞吐吐，感覺似乎非常慌亂。我直覺想到，她多半是真的發生了很不妙的事。我一說我是千草的好朋友，千草的母親就情緒崩潰似地哭了起來。我這才知道，千草在今天早上因為溺水意外過世了。」

「溺水意外？」我忍不住反問。千草應該是在我眼前變成泡沫消失，可是會有明確的死因，只可能是她的遺體被人找到了。「到底是在哪裡？」

「聽說是被沖上隔壁鎮的海岸，發現者立刻叫了救護車，但已經太遲。千草的母親似乎為女兒意外死亡而得辦理的手續忙得不可開交，接我電話時，是她正好回家拿需要用到的東西。我太過震驚，連致哀的話都說不出來。千草死了？我簡直無法相信，可是同時，內心深處卻覺得一切都說得通。我心想：啊啊，原來所謂『奇妙的事情』，就是指這件事啊。」

檜原抽完第一根菸，立刻又點燃下一根菸，彷彿想用菸來掩飾自己的感情。

「我怎麼想都覺得，千草早就知道自己的死期。若是如此，她的死有可能不是溺水意外，而是自殺。可是，我根本想不到千草有什麼理由非死不可。雖然她的戀情的確無望得到回報，但她不是個會為了這種理由自殺的女生。我忽然想到你也許知道內情，所以打電話給你，但那時候你不在家。然後，我就打電話到初鹿野家。」

一提到初鹿野的名字，檜原先前一直維持一定語調的嗓音出現了起伏。他看起來與其說是悲傷，還不如說是在對某種事情生氣。

「接電話的是初鹿野的母親。我問初鹿野在不在家，結果又得到含糊不清的回答。我跟打給千草的時候一樣，說是初鹿野的好朋友，但她母親很小心提防。同樣的問答重複了半天，突然換一個年輕女人講電話，多半是初鹿野的姊姊。她問了我幾個問題，確定我真的是初鹿野的朋友。她一確定我不是在說謊，就道歉說：『對不起懷疑你。』然後把初鹿野發生的事情解釋給我聽。」

檜原說到這裡停頓了一會兒，像是在窺伺我的反應。

「初鹿野和千草，分別在不同時間、不同地點，發生一樣的溺水意外。」我替他說下去。「就是這樣吧？」

「到底發生什麼事？」檜原把菸丟到腳下，一腳把菸蒂踩得破破爛爛。「我看你應該知道些什麼吧？」

「不，我知道的不比你多。」

「可是，你至少心裡有個底，不是嗎？」

「不知道。」我搖搖頭。「檜原，不好意思，我想一個人靜一靜。畢竟很多事情我都還沒有辦法接受，腦子裡的念頭也還沒整理好。要是想到什麼事，我會主動聯絡你。所以，今天可以請你先回去嗎？」

檜原彷彿想看穿我的心思，仔細觀察我臉上表情的細微變化。然後，他可能從中看出由衷悲傷的情緒，死心似地嘆一口氣。

「我會用自己的方法去查她們兩人發生溺水意外的原因。我會徹底查下去，直到查出我能接受的答案為止。若是我查出千草的死不是意外，而是人為事件，我就會找出那個凶手，要那個人嘗盡苦頭，視情況也不惜讓那人有和千草一樣的下場。」

檜原站起來，把破破爛爛的菸蒂踢進排水溝。

「等你有那個意思，記得聯絡我。那我走啦。」

「嗯，知道了。」

他回去之後，我再度躺進被窩，把自己關在房間裡。千草的死已成為眾所周知的公開事實，讓我陷入一種身體有一部分被挖空似的感覺。

我對檜原說自己知道的不比他多，當然是謊言。至少對於千草死亡的真相，我連細節都很清楚。不但知道，而且從某個角度來看，無異是我親手殺死她。

千草在道別之際給我的那封信裡，針對初鹿野想贖的「罪」寫得清清楚楚。千草為了我，獨自去查那空白的四天裡發生什麼事，而她查出的多半是真相。

『我想我本來應該早點把這件事告訴深町同學。』信上是這麼寫的。『但我害怕你會把我想成一個試圖踢掉競爭對手的壞心女生，所以一直沒告訴你，對不起。』

我讀到這裡，隱約懂得初鹿野為什麼非得在這個時間點自殺不可。

在那段天文觀測的日子裡，初鹿野大概比任何人更加樂在其中。

多半也正因為這樣，她才會覺得，不能只有自己一個人繼續活下去吧。

＊

我站到洗手台前，打開油性筆的筆蓋，把筆尖往眼角一按。我靠近鏡子仔細看了看，這個黑點非常自然地融入我的皮膚當中，相信看在不知情的人眼裡，必會以為那真的是淚痣。
從檜原跑來我家已經過了兩天，這段時間裡，我一直把自己關在拉上窗簾的房間裡，一心一意針對已經過去的種種捫心自問。我是不是不該把初鹿野從房間裡帶出來？初鹿野會再度走上自殺這條路，會不會是因為我多管閒事？我真的沒有辦法救千草嗎？要是我再早一點放棄初鹿野，是不是至少能保住千草的命？招來這個最壞結果的人，會不會根本不是別人，而是我自己？一旦開始想，就再也停不下來。我覺得自己這些日子以來所做的一切，全都適得其反。
我一整天躺在被窩裡看著天花板，似乎懂了初鹿野之所以把自己關在昏暗房間裡的理由。一旦遭後悔的漩渦吞噬，腦子就會受到一種無力感主宰，懷疑無論做什麼是不是都只會讓事態惡化，變得連要走出自己的房間都非常困難，然後就會始終甩不開一種對於死亡的隱約嚮往，簡直像是被人施了詛咒。
窗外還是一樣有蟬在叫，但比起一週前，數量已有顯著減少。不知道是不是錯覺，總覺得天黑的時刻也比之前早得多。雖然天氣還是熱，但最後一次經歷那種熱得受不了的日子，已是大約十天前的事。
是夏天的尾聲會先到，還是我會先死去？如果可以，我希望能在夏天結束前離開這個世界。在積雨雲消失之前，在蟬全部消失之前，在向日葵枯萎之前。因為不管什麼時候，最寂寞的都是最後一個離開的人。

二十日早上，檜原打了電話過來。我連飯都懶得吃，但一聽到電話鈴聲，身體就自然而然動了起來。多半是我的身體還忘不了和初鹿野接通電話時的喜悅吧。

打電話來的人是檜原。

『這四天裡，我不知道跑了多少地方。』他說。『也多虧跑了這些地方，事情十之八九我都查出來了。』

「十之八九？」我反問之餘，心想總不可能只在短短四天內，就連我和電話中女人之間的賭局都被他查出來。

『對。她們兩人墜海的理由，我差不多都知道了。我去查了千草和初鹿野她們兩個的經歷。』

「你到底是怎麼查的？」

『首先是關於千草。』他不理會我的提問，繼續說下去。『在她的經歷這方面，沒有什麼特別可疑的地方。她以前似乎過著一種和爭執無緣的平穩生活，唯一讓我意外的是，千草從國小的時候開始，直到最近為止，似乎都過著坐輪椅的生活。聽說是發生意外導致她的腰椎受傷，連站久一點都不行，後來好不容易才能走路。』

「那麼，」我催他說下去。「初鹿野這邊呢？」

『正好相反。』他說話的語氣像在唸出不祥的新聞。『我到處找初鹿野以前的同班同學打聽，但我一問起初鹿野，每個人的說法都一樣：「她以前不是現在這樣」、「她以前坦率又開朗，人見人愛」。似乎絕大多數人都認為，她之所以變了樣，原因出在她國中二年級的冬天臉上長出來的胎記。眾人的見解大致上是認為，初鹿野是從長出胎記之後，個性開始漸漸改變，過了半年後更變得不像同一個人……可是，其中也有人有不一樣的看法。這種說法說，初鹿野國中三年級的夏天，曾經沒有任何事先通知，就連續四天不去上學。而在這四天之後，誠懇開朗、人見人愛的初鹿野，就變成現在這樣沉默又陰沉的人。』

話筒另一頭傳來他在沙發或什麼東西坐下的聲響。

『照常理推想，前者的見解比較說得通，人的個性並非四、五天就會改變。可是，我就是覺得解開疑問的鑰匙，藏在這空白的四天當中……就結果來說，我的直覺猜中了。聽說初鹿野不去上學，是在暑假即將開始的七月二十日前後。我把目標鎖定在這個範圍，針對初鹿野身邊發生的事情徹底查個清楚。隨著調查範圍從她的班級、學年漸漸擴大到學校，我查到一起奇妙的案件。那是一起發生在隔壁鎮的案件，日期和她空白的四天當中的兩天重疊。聽說，有人在深山的廢墟裡發現兩具國中女生的焦屍。報紙上寫說那是自殺事件，她們還留下遺書。』

我內心對他調查手法之高明驚嘆之餘，說道：「那件事曾上了新聞，而且在學校的集會上也有老師提到，我記得很清楚。」

『沒錯，那件案子在這一帶很有名。可是在這個時間點上，自殺的兩個人和初鹿野之間看似沒有任何關聯。但我就是有種奇妙的確信，覺得這兩個人的死，和初鹿野空白的四天之所以會重疊，絕對不只是巧合。隨著調查進行下去，我所料不錯，果然找到把自殺的兩人和初鹿野串連起來的線──她們讀國小時，在同一間補習班上了一年的課。到這裡，我讓思考小小跳躍一下。假設在廢墟進行的這場悽慘的自焚行為，其實不是由兩個人，而是由三個人策劃出來的呢？如果本來會製造出來的焦屍不是兩具，而是三具，卻有一個人中途跑掉呢？』

我說不出話來。

──檜原只花短短四天，就查到這個地步？

他說下去。『這個假設很有意思，但思考邏輯實在太跳躍，而且沒有任何證據。如果能知道遺書的內容便能揭露真相，但不巧的是我沒有這種權限。就在我快要死心時，一個朋友聽說我在找參葉國中的學生打聽，便聯絡了我。原來這個朋友的親戚是參葉國中的老師，還說如果我希望，可以安排我和這位老師見面。得知這件事的隔天，我就去見這位老師，正經八百地把我這離譜的假設告訴對方。我本來以為會二話不說地遭到否定，但這位老師聽完我的說法，用兩根手指捏住眉心，揉了一次又一次，然後才說：「我不能透露任何事，可是，即使真的發生那種事情也不奇怪。」……你不覺得很奇怪嗎？就算那位老師「不能透露任何事」，但一般人應該會用否定的口氣吧？』

「沒什麼好奇怪的。」我說。「說穿了，不就表示你的想法正確？」

檜原聽到我嘻嘻竊笑，憤怒地說：『有什麼好笑的？』

「不，我不是在笑你，而是我花了一個月都查不出的真相，你卻只花四天就找到了，這讓我覺得好笑得不得了。」

檜原倒抽一口氣。『你果然早就全都知道了是吧？』

「對。只是等我知道初鹿野自殺的理由，已經是她跳海以後的事。到頭來，一切都為時已晚。」

檜原所說的內容，和千草信上所寫的內容，大致上是一樣的。儘管針對謎團的切入角度和思考過程略有差異，但結論完全一樣。兩人的推理互相彌補了彼此推理的缺陷，如今初鹿野與隔壁鎮上國中女生的自殺有關，已經沒有懷疑的餘地。

我止住笑聲，調整好呼吸。「檜原，雖然不知道要等到什麼時候，但過不了太久便能和病房裡的初鹿野會面。到時候你可以去探望她嗎？初鹿野很中意你。」

『不好意思，我辦不到。』檜原冰冷地說。『目前我還沒確定千草那令人費解的死亡，和初鹿野的自殺未遂之間有沒有關係，可是有一件事我敢說，那就是每次初鹿野想尋死時，死的都不會是她自己，而是身邊的人……我推測是初鹿野邀千草一起自殺。這個推論也許是錯的，或許千草的死有著完全無關的原因，我想到的假設只是一種穿鑿附會的陰謀論。但不管怎麼說，已有三個和初鹿野關係密切的人死了，這是沒有辦法推翻的事實。』

檜原停頓幾秒鐘，彷彿在等這句話充分滲透到我的腦海中。

『我再也不想跟她扯上關係，你最好也別跟她牽扯得太深，不然，你說不定會變得跟其他三個人一樣……既然千草已經不在，我再去廢墟的屋頂也沒有意義。天文觀測的日子就這麼結束吧。』

電話掛斷了。

我放下話筒，回到自己昏暗的房間裡，再度躺進被窩。倒在房間角落的望遠鏡保護盒映入眼簾，是我們去看英仙座流星雨的那一天，檜原說「我完全忘了帶望遠鏡來只會礙事」而寄放在我家裡。起初他連碰都不讓我碰一下望遠鏡，但最近終於讓他了解到我很熱心在學習有關天文望遠鏡的知識，使他願意把望遠鏡寄放在我家。

我曾為了初鹿野，說什麼也要把這個望遠鏡弄到手，但事到如今，卻光是看到就覺得厭煩。那是我失敗的象徵，是我落敗的象徵。這幾天來，我一直努力不讓望遠鏡進入我的視野，但即使未直接看到，這個物體仍在房間角落持續散發出存在感。我心想，差不多該把這玩意兒還給檜原了。

我終於動了起來，捧著裝了鏡筒和三腳架的盒子走出家門。屋外仍是豔陽高照，但陽光少了點力道，沒有那種像在炙燒皮膚的感覺。道路被拖拉機掉落的汙泥弄得髒兮兮的。也不知道是哪家的庭院在烤肉，一陣香腸的焦香味乘著要熱不熱的風迎面而來。

我牢牢握住望遠鏡的盒子，以免不小心摔下去，正要跨出腳步時，有一輛眼熟的藍色汽車停在我家門前。我所料不錯，從駕駛座下車的人是雅史哥。從他的模樣看來，似乎不是湊巧看到我而停下車子。

「綾同學要找你過去。」雅史哥說著，指了指副駕駛座。「趕快上車。」

我點點頭，坐上他的車。

*

「我話先說在前面，你問我也是白問。」

雅史哥從菸灰缸裡塞得像向日葵種子一樣密的菸蒂裡，挑出相對還剩下比較多菸葉的一根菸，用手指摘出來，叼在嘴上用雪茄打火機點著，然後一臉覺得難抽的表情皺起眉頭，呼出一口煙。

「我只是被綾同學拜託，要我來接你，詳細情形一概不知道。她在醫院等你，你有什麼事情想問，到時候再問她就好。我只聽說綾同學的妹妹住在那家醫院，而且謝絕會客的情形從今天開始解除。」

「也就是說，綾姊是想讓我見初鹿野……讓我見她的妹妹？」

「就說我不知道了。」雅史哥叼著菸，不高興地回答。「也有可能只是綾同學離不開醫院吧？」

我點了點頭。他說得沒錯，綾姊也可能只是想找我直接說話，但又非得照顧初鹿野不可，不能離開醫院，所以才拜託雅史哥帶我過去。

車子開上蜿蜒而狹長的山丘道路，來到一間有著茂盛林子包圍、規模小巧的醫院。雅史哥在圓環放我下車，說：「我有一大堆事情得回研究室處理，回程你自己想辦法。」說完就連忙開車離開。我找了找綾姊，但沒看到像她的人影，心想與其到處亂找還不如在這裡等，於是在入口前的花圃邊緣坐下，把望遠鏡的盒子放到膝上，等待綾姊出現。

醫院前有一條大河流過，河堤外的河畔被和人差不多高的草木覆蓋住，讓人分不清楚哪裡是地面、哪裡是河川。堤防上的馬路也大多都受到路旁茂盛的雜草侵蝕，讓人難以行走。河的另一頭可以看見綠意盎然的群山，從山腳到山腰有著整排的鐵塔。我在等綾姊出現的時候，視線也沒特別聚焦在哪個地方，只是發呆看著這片恬靜的風景。

過一會兒，綾姊從正面入口處現身。她穿著皺巴巴的T恤、裙襬起了毛邊的牛仔裙，臉上的妝有點花，頭髮也一團亂，看起來比上次見面時老了三歲。

「不好意思，突然找你來。」綾姊對我露出疲憊的微笑。「之後也得補償一下雅史才行呢……我們走吧。」

「請等一下。」我趕緊拉住她。「妳找我來，是要我去見唯同學吧？」

「那還用說？還是你有其他親朋好友住院？」

「不是這樣。只是，我覺得我去見現在的唯同學，會不會只有反效果？妳跟她本人說過我會去見她嗎？」

「沒說過。可是不用怕，你放心。」綾姊對我笑著，眼神卻很空洞。「現在的唯，心情似乎非常平靜。我已經好幾年沒看到她這麼平靜的模樣。只是……」

她說到一半，改變主意似地停下來。

「……不，與其由我口頭解釋，不如你直接去見她比較快。」

我一通過大門，醫院特有的那種摻雜消毒水味與病患體味的空氣立刻籠罩住我。走廊的日光燈發出慘白的光線，將本來就陰森的醫院內部營造成一處更令人不舒服的空間。亞麻地板四處泛黑，櫃台前老舊的沙發也滿是修補的痕跡，破舊得無以言喻。

我在櫃台辦理了會客許可證之後，在綾姊的帶領下走進電梯，來到四樓。綾姊在一間房門開著未關的病房前停下腳步，默默朝室內一指。由於角度的問題，從我站的位置看不見整個室內的情形，但門口掛著一塊寫有病患姓名「初鹿野唯」的牌子。掛牌的地方還有三人份的空間，但現在都空著，相信這代表這間病房是四人房，但現在只住了初鹿野一個人。

我手按胸口，深呼吸一口氣，朝寫著初鹿野名字的牌子又看了一眼，下定決心踏進病房。狹小的病房內，四角都擺有病床，從入口看去，初鹿野就坐在右手邊深處的病床上。她穿著淺藍色的病人服，正專注看著一本厚厚的筆記本，似乎未注意到我的來訪。我心想，不知道她到底在看什麼看得這麼專心，於是悄悄走過去，看了看她手上的東西。雖然來不及看清楚內容，但看得出上面列著很多段手寫的簡短文章。

這時候，初鹿野總算注意到我的存在。她全身一震，迅速闔上筆記本，不想被我看到似地放到枕邊。

初鹿野和我四目相交後，露出害羞的表情朝我深深點頭。

她這種反應，讓我有種說不清的不對勁感覺。

「初鹿野。」我好不容易擠出的聲音，簡直不像是自己的嗓音。「妳該不會……」

「那、那個，對不起。」初鹿野打斷我的話。「在開始談話前，我有一件事非得先問個清楚不可……」

她露出惶恐得令人憐憫的模樣低下頭，接著用全身慢慢呼吸一口氣之後，鑽牛角尖似地開口。

「請問你叫什麼名字？」

視野中的景象漸漸失去色彩，同時，我受到一種直接撼動意識似的耳鳴侵襲。

初鹿野天真地對說不出話來而呆呆站在原地的我說：

「——我現在待的地方是病房，我現在睡的這個是床，窗外可以看到的樹是櫸樹，季節是夏天。這些知識沒有受損，你也看到我可以清楚地說話表達，可是，就算照鏡子，我也不覺得鏡子裡的人是自己，感覺像在看年紀比我大了幾歲的親戚。」

無論看在誰眼裡，這顯然都是失憶症——嚴格說來是逆行性失憶症——的症狀。多半是精神創傷引發的逃避反應，再不然就是腦部缺氧導致的記憶障礙。

但這些事不重要，我關心的不是她失憶的原因，而是這種症狀有可能帶來的未來。

「所以，你是誰、你跟我有什麼樣的關係，我都不明白。虧你特地來探望我，真是對不起。」

為此欣喜是很不莊重的，這我當然再清楚不過。

但是，搞不好……說不定……

如果她的記憶障礙不是暫時性的，而是今後還會持續好一陣子……

深町陽介，不就可以和初鹿野唯從頭來過嗎？

但我的期待，被初鹿野的下一句話輕而易舉地擊潰。

「只是，失去記憶之前的我似乎每天都不間斷地在寫日記。姊姊幫我帶來的行李裡就有這本日記。說是日記，其實寫得很平淡，和條列式的備忘錄沒什麼兩樣……啊，所以我話先說在前面，我知道自己落海不是意外，而是自殺，這件事你不用勉強隱瞞。」

初鹿野說著，露出豁達的笑容。

我朝她枕邊的筆記本看了一眼，仔細一看就發現這本筆記本頗眼熟。靠綾姊的幫忙進到初鹿野房間的那一天，這本筆記本就以翻開的狀態放在桌上。相信她當時便是在桌前寫日記，直到我要進房間為止。

初鹿野每天毫不間斷地寫日記，這個事實讓我頗為吃驚。我一直以為她對自己的人生已經毫不關心。正要自殺的人，會每天寫日記嗎？還是說，正因為是要自殺的人，才會每天寫日記？

初鹿野注意到我的視線，挪動了身體的位置，擋在筆記本與我之間。

「日記我還只看了這幾天的份，但初鹿野唯這個人，似乎有很強烈的自殺念頭呢。」

雖然我還沒看到日記裡提到自殺原因的部分，但想也知道是為了臉上的胎記而憂鬱吧。

會喪失記憶，多半是逃離自殺念頭的最後手段吧？真是沒出息。」

她說話時一直低著頭，這時抬起頭來，從瀏海底下看著我的眼睛。「呃，我想差不多該請教一下你的大名……」

「妳應該已經猜到了吧？」我只想把宣判的那一瞬間往後延遲一秒也好，於是回答得含糊其辭。「妳不是看了日記嗎？」

「是啊，從日記上看來，願意來探望我的人似乎寥寥可數，所以我已經猜到了大概。只是，我沒有把握。」

這時，她的目光忽然停留在我提著的東西上。

「……這個東西……」

初鹿野指了指裝望遠鏡的盒子。

「你該不會是檜原裕也同學吧？」

一陣漫長的遲疑之後，我慢慢點了點頭。

這時初鹿野露出的笑容，是一種很特別的笑，一種從未對我露出的笑。

我心想：啊啊，原來她在檜原面前會這樣笑啊。

＊

結束這場漫長的會面，走出病房後，似乎一直坐在外面等待的綾姊艱辛地站起來。

「小陽，你辛苦啦。不，還是該叫你小裕？」

我深深嘆一口氣。「妳全都聽見了嗎？」

「我好久沒看到唯那麼開心。你真的想到一個很有意思的點子，檜原裕也同學。」

搭電梯下到一樓後，我去櫃台歸還會面許可證，然後走出醫院。不時可以聽見圍繞醫院的林子裡傳來暮蟬與烏鴉交雜的叫聲。根據入口前的公車站牌時刻表，距離下一班公車還有二十分鐘左右。

「……我該怎麼辦才好？」我問綾姊。「總不能一直自稱是檜原裕也。」

「我有幾件事想跟你問清楚。」綾姊說。「檜原裕也就是前幾天打電話來我家，對唯的事情問東問西的那個男生吧？」

「是的。」

「從剛才的反應看來，唯似乎很親近這小子。」

「是啊。她喪失記憶前，唯一有好感的對象就是檜原。」

「唯一？小陽不也很受她喜歡嗎？」

「我只是沒被她討厭。可是，檜原不只是沒被她討厭，一定還受她喜歡。」

「嗯？」綾姊含糊地點點頭。「那麼，檜原裕也從打了那通電話以後就完全不聯絡，這是為什麼？」

我想了一會兒後回答：「這陣子我和唯同學，每天晚上都去廢墟屋頂觀測天文，這件事妳知道吧？」

「嗯。檜原裕也不就是裡面的成員之一嗎？」

「妳說得沒錯。此外，觀測天文的成員當中，還有另一個叫做荻上千草的女生。唯同學自殺未遂的隔天，這個女生像要追隨唯同學似地跳海自殺身亡。檜原認為，荻上的死，責任在唯同學身上。」

「等一下，這話怎麼說？」綾姊歪了歪頭。「就算唯跳海，為什麼這個叫荻上的女生就非得跟著跳不可？」

「這只是推測。」我先加上這句開場白，才開始解釋。「去年夏天，隔壁鎮上發生一起兩名國中女生自焚的案件。檜原懷疑唯同學和這件事有關。之所以會這麼說，是因為唯同學正好就在這個時候，事先並未通知就連續四天不去上學，而且有不少同學說在這四天過後，她就像變了一個人。」

綾姊停下腳步思索。「……也就是說，獨自從集體自殺中活下來的唯，又想做出一樣的事情，而把那個叫荻上的女生給牽扯進去。是這個意思嗎？」

我佩服地點了點頭。不愧是初鹿野的姊姊，腦筋動得很快。

「當然，這只是檜原擅自這麼認為。我敢確定唯同學的自殺未遂和荻上的死，沒有直接的關係。」

「原來如此。」綾姊閉上眼睛思索一會兒。「總之這樣一來，那個叫檜原的男生已經放棄唯了，沒錯吧？所以他也不會來探望唯。」

「應該是這樣。」

「可是唯不知情。她還沒察覺到自己唯一能夠敞開心房的男生，已經棄她而去。畢竟眼前出現了一個自稱是檜原裕也的男生嘛。」

我垂頭喪氣。「對不起，我不該說那種謊話。」

「會嗎？我倒是覺得這個主意挺不錯的。」

「妳是說真的嗎？」

「當然。還是說，你現在要回去病房跟她說『剛才我說的全是謊話，我不是檜原裕也，而是深町陽介。真正的檜原裕也再也不想見到妳』？」她覺得好笑似地笑了。「有什麼關係？反正唯看起來好開心，而小陽不也有甜頭吃嗎？萬一你的身分被拆穿，只要好好解釋，我想即使有可能無法讓她原諒你，但至少能讓她接受這件事。」

「這很難說吧？」我歪了歪頭。「說起來，綾姊為什麼要把日記交給唯同學呢？讓她恢復記憶到底有什麼好處？妳不覺得讓她就這樣把一切都忘了，對她來說才是最幸福的嗎？」

「嗯，的確，也許你說得對。」綾姊承認。「可是，我希望她能從客觀的立場去回顧自己的人生，從第三者的觀點去看看失去記憶之前的自己，困在多麼離譜的想法當中。這是只有記憶消失的現在才辦得到的事，不是嗎？」

公車來了。我對綾姊一鞠躬，一腳跨上公車的踏階。

「明天你也會來探望她吧？」綾姊在我背後問。

我回頭說：「我來有什麼意義嗎？」

「小陽，我跟你說。」綾姊為了不被公車引擎聲蓋過而提高音量。「我不是為了安慰唯而找你來。我才不是那麼好的姊姊。我只是想知道，一個男生這種宛如童話故事似的好意，在這種沉重的狀態下，能管用到什麼地步。我只是想看看這樣的關係最後會怎麼收場。」

司機提醒我說要關門了，要我趕快上去。我走上踏階，在最近的一張座椅坐下，公車立刻就發車離開。

我靠到椅背上，閉上眼睛，回想會面時和初鹿野說過的每一句話。接著，我靜靜地確信自己明天又會來到病房。那是一種令人難以抗拒的誘惑。哪怕會演變成欺騙初鹿野或是利用朋友的情形，但一想到又能像四年前那樣，和她共度親密的時間，我就覺得其他的一切都無所謂。到頭來，千草說得沒錯，我的本質就是個壞人。

等公車抵達我家旁邊的站牌，天色已開始變黑。我走在商店街上，就像之前那樣聽見了公共電話的鈴聲。我已經很久沒有聽見這道鈴聲，那女人最後一次打電話來是什麼時候的事？多半是在暑假的第二天晚上，用《人魚公主》的比喻向我解釋輸掉賭局將會付出什麼代價的那個時候吧。

『你是第一個使出這種招數的人。』我的耳朵一抵上話筒，就聽到那女人傻眼似地說道。『我萬萬沒想到你竟然會冒用別人的名義來接近初鹿野同學……這個手法不太公平啊。』

「同時找荻上和我兩個人參加賭局的妳，沒有資格跟我談論公平。」我反駁。「這不就表示，不管事態怎麼發展，就是會有一個人輸掉賭局嗎？」

『如果你不希望荻上死掉，只要愛她就行了。拋棄她的人是你。』電話中的女人說得彷彿所有責任都在我身上。『好……深町同學，我趁現在警告你，現在的你對初鹿野同學來說不是深町陽介，而是檜原裕也。即使你們之間因此發展成兩情相悅的關係，她愛的終究是有著你的模樣、像你那樣說話的檜原裕也。我不能承認這代表你獲勝。』

「嗯，我知道。我假裝成檜原不是想贏得賭局，就只是單純想這麼做而已。」

她沉默一會兒後，說道：『這意思是說，你覺得輸掉賭局也無所謂？』

「不是這樣，我當然怕死。可是，現在能就近看到初鹿野的笑容，讓我非常高興。我覺得只因為這樣就高興得昏了頭，根本沒心思去想別的事，就這麼迎來結局，那也不壞。」我說著，獨自笑了笑。「雖然我想妳是不會懂的。」

『是嗎？』她回答得很冷漠，聲調卻讓我覺得比平常多了些煩躁。『不管怎麼說，你的所作所為是不折不扣的作弊行為，因此，我要你受到應有的懲罰。』

「懲罰？」

『今後禁止你在初鹿野同學面前說出自己的真實身分。』她這麼宣告。『既然你說你是檜原裕也同學，我就要你當到最後。』

「原來如此，『被奪走用來報上自己名字的聲音』啊，這可越來越像人魚公主了。」我說得彷彿事不關己。「這下子，我真的不可能贏得勝利。」

『話說在前面，先作弊的人是你。』她冰冷地撂下這句話。『那麼，我就期待八月三十一日的到來，披上檜原裕也同學皮的深町陽介同學。』

我聽到電話掛斷的聲音。我放回話筒，再度走在夜晚的商店街上。

於是，我必須以檜原裕也的身分，度過剩下的十一天暑假。

第10章　不要錯過我

我和初鹿野一起上下學的那陣子，初鹿野家的玄關養著金魚。

那是三隻小小的和金（註4），是初鹿野從撈金魚的攤販撈來的。金魚缸和小西瓜差不多大小，波浪綠的花紋中有著淡淡的藍色，也就是有這些藍色才將水草的綠色與金魚的紅色襯得更加鮮明。

當時我一直不進初鹿野家的家門，但對這三種顏色的對比卻記得格外清楚。多半是因為初鹿野開門現身時，我不好意思和她四目相交，每次都把視線瞥向後頭的金魚缸。夏天時還有三隻金魚，等冬天來臨時只剩下一隻。而且，最後一隻也在他（或是她）來到初鹿野家即將屆滿一年時死掉了。以撈金魚攤位上的金魚來說，我想這幾隻金魚已經算是很長命，想必是得到了細心的照料。

也不知道為什麼，初鹿野的雙親後來仍繼續將那個沒有金魚的魚缸擺在玄關。的確，即使沒有金魚，從窗戶射進的陽光照在金魚缸上，照出的藍色光影與松藻在水中緩緩搖曳的模樣，本身就已非常美麗。但知道金魚還在時是什麼模樣的我，每次看到失去了紅色的金魚缸，就不由得陷入有些悲傷的心情。

從此以後，每當我感到空虛寂寞的時候，腦海中就會浮現這個比喻：「這豈不就像失去了金魚的金魚缸？」

＊

隔天早上，我搭上從站前出發的公車，前往美渚中央病院。我遲疑了一會兒，最後決定不買花。依我個人的經驗來看，再也沒有哪種探病用的禮物會比花更難處理。

公車上全是老年人，年輕人只有我一個。雖是開往醫院的公車，不可思議的是車上沒有一個人的健康狀況顯得不好，但想來應該不至於所有人都和我一樣是去探望親友。記得曾看過一本書中寫說，一名老人被問到：「身體怎麼樣？」老人就開玩笑地回答：「要是身體再好一點，就得去找醫生來啦。」也許，眼前的情形就類似這個場面吧。搭上這班公車的，是一群還剩下足夠體力用自己的腳上醫院的人。

抵達醫院後，我並未直接去櫃台，而是走向停車場外圍的吸菸區。吸菸區是一間有

註4：最早傳進日本的金魚品種。

玻璃門的組合屋，似乎是從很久以前就蓋好的，天花板已經油亮泛黃。我先確定四周沒有人，然後在這裡抽了兩根菸，又在醫院外慢慢繞了一圈，讓心情鎮定下來。然後，我去到櫃台申請會面許可證，深呼吸一口氣才走向電梯。

當我來到病房，初鹿野正蹲在床邊整理包包裡的東西。她今天穿的不是病人服，而是麻紗襯衫搭上一件淡藤花色、款式清爽的裙子。我叫了一聲「初鹿野」她就用力回過頭來，眼神發亮地喊著「檜原同學」站起來。沒錯，不能忘記，我在這裡是檜原裕也。

「你今天也來看我嗎？」

初鹿野對我一鞠躬。從她喪失記憶以前的情形，實在無法想像她會有這種反應，簡直和剛認識我沒多久的初鹿野一模一樣。

「是啊。妳身體怎麼樣？」

「已經健健康康了。」她坐到床上，對我笑了笑。「還好你上午就來。要是下午才來，也許我們會錯過。」

「錯過？妳該不會已經要出院了吧？」

「是啊，我就在今天早上拿到了出院許可。」

我心想這可真是奇怪。以前我曾讀過企圖自殺者的手札集錦之類的書，根據書上的說法，自殺失敗而被救回來的人，有一部分會以醫療保護住院的形式，被關進隔離病房數週至數個月之久；至於再度自殺的可能性較高的人，身體甚至會遭到束縛。

從醫院這種寬鬆的應對態度來看，怎麼想都覺得初鹿野的落海是被當成不小心發生的意外來處理。畢竟她本人目前非常平靜，或許負責這起事件的人認為，與其對一名才十六歲的少女烙上企圖自殺者的烙印，還不如當成意外處理，對她會比較好。也說不定負責人真的以為落海只是意外。

初鹿野抬頭看了看時鐘說：「再一個小時左右爸爸就會來接我，如果你不介意，要不要搭我們的車一起回去？」

我不怎麼想和她的父親碰面，但又不想辜負她的好意，於是點了點頭。「謝謝，那我就恭敬不如從命。」

我架起立在牆邊的折疊椅，放到床邊坐了上去。初鹿野想起什麼似地雙手一拍，打開冰箱拿出兩個杯裝的水羊羹，把其中一個給我。我向她道謝，接了過來。

把空了的杯子和塑膠湯匙丟進垃圾桶後，初鹿野嘆一口氣說：

「昨天檜原同學回去後，我一直在讀日記。看樣子除了檜原同學以外，我還和荻上千草同學以及國小同班的深町陽介同學來往比較密切。」

「是啊，你說得對。」我邊掩飾內心的動搖，邊點了點頭。

「我們四個人每天晚上都聚集在廢墟，一起觀測天文，不是嗎？」

「對啊。起初只有妳一個人，有一天深町也加入了，隔天又多了我和荻上。」

「每天晚上碰面，也就表示我們還挺熟的吧？」

「算是吧，雖然不完全是興趣相投，但氣氛的確挺親密的。」

「檜原同學，我問你喔。」她直視我的眼睛說。「為什麼只有檜原同學肯來探望我，其他兩個人卻連聯絡都沒有呢？因為荻上同學和陽介同學已經受不了我了嗎？」

從昨天她告訴我日記的存在以後，我已料到她遲早會問起這兩個人。初鹿野讀過這半個月來的日記，對於一同觀測天文的成員中另外兩人不但不現身，甚至完全不聯絡的情況，當然會產生疑問，所以，我早就針對這個問題事先準備好答案。

「妳想太多了。」我露出微笑安慰她。「首先是深町，他似乎有自己的一套想法，我邀他來探望妳，他只說『現在最好讓她一個人靜一靜』，都不聽我的話。他似乎還想阻止我來探望你呢，也不知道該說他慎重，還是太愛操心。然後是荻上，她說要當交換學生，從九月起就要搬去加拿大。我聽說這件事時也嚇了一跳。荻上說她從以前就很嚮往去加拿大，仔細想想，荻上的英文的確是比其他科目要好，不是嗎？她之所以直到出發前才透露，多半是討厭道別時弄得哭哭啼啼的。」

初鹿野思索似地垂下視線，經過兩次呼吸的沉默之後，她閉上眼睛，露出微笑。

「檜原同學好善良。」

「這話怎麼說？」我裝蒜。

「就是字面上的意思。」

初鹿野似乎決定不再追問這個話題。

「不過該怎麼說？總覺得好意外。看日記的內容，會覺得檜原同學給人的印象更冷漠，嘴巴也更壞一點……可是像這樣面對面說話，就沒有那種感覺。」

「因為在醫院，我才會客氣。」

「你是顧慮我，怕說話刺傷我吧？」

我思索著如果是檜原，這種時候會怎麼回答。

然後，我這麼回答：

「對啊，沒錯。要是妳又自殺，我就傷腦筋了。」

結果初鹿野的表情突然一亮。

「你願意這樣坦白對待我，我也自在得多。」

初鹿野拍了拍自己右側的空位，要我坐過去。

「這邊請。」

我照她的吩咐，在她身旁坐下。由於床邊有著防止病人摔下床的安全護欄，能坐的空間十分有限，兩個人一起坐著，肩膀就會緊貼在一起。像這樣並肩坐在一起，便會徹底凸顯出我和她的身型多麼不一樣。我們之間的差異是如此明顯，令我覺得彷彿我的身體設計圖是用直尺和鉛筆畫的，她的身體設計圖則是以雲尺和製圖筆繪製而成。可是，明明她的身體線條設計得如此仔細，皮膚卻剛好相反，白得彷彿忘記指定顏色。我的皮膚在這一個月來，已經完全晒成小麥色。

「檜原同學，請你告訴我。」初鹿野雙手併攏放在大腿上，身體微微前傾，自下方看著我的臉。「請把我忘掉的種種告訴我。只看日記寫的內容，總是有限。」

「不用那麼急。」我用開導的語氣說。「妳現在只要專心讓身心都好好休息。沒有人會催妳，妳慢慢想起來就行了。」

「可是，我總不能這樣一直給大家添麻煩吧？而且……」

「而且？」

初鹿野默默站起身，手放到窗框上仰望天空。

「說這種話也許會被你罵。」她回過頭來，露出彷彿在強調這是玩笑話的笑容。

「如果我的記憶恢復，導致我再度嘗試自殺，我想下次一定不會再失敗。而且，我覺得這是一種解決的方法。畢竟我的煩惱會消失，也不會再有人被我牽著鼻子走。」

我不由得站起來，抓住初鹿野的肩膀。初鹿野似乎嚇一大跳地縮起身體，但我自己多半比她更吃驚。我的意識跟不上行動。喂，我到底想做什麼？可是我尚未思考，身體就先有動作。等我的雙手繞到她背後，才總算搞懂自己接下來要犯下什麼樣的過錯，但已經太遲了，下一瞬間我已從正面緊緊抱住初鹿野。

我心想，這世上還有什麼比我現在的舉動更卑鄙的行為嗎？竟然冒充別人，抱住自己單戀的女生。這是完全違規的行為，不管講什麼藉口都沒用。等她恢復記憶，一定會非常看不起我。

但我同時又想到，事到如今我還有什麼好在意的？只剩下十天。再過十天，我非得離開這個世界不可。至少容許我撒這麼一點謊，又有什麼關係？讓我最後獲得一點點幸福的回憶，不至於會遭天譴吧？

「檜、檜原同學？」

初鹿野像要問我用意何在似的，戰戰兢兢地叫了我的名字——不，是叫了他的名字。她窘迫得全身僵硬，但仍未推開我，而是輕輕摸了摸我的背，想讓我鎮定下來。可是這完全是反效果，我的手臂尋求著她的溫暖，用更強的力道緊緊絞住她的身體。

「妳什麼都不用想起來。」我在她耳邊說。「一個人會忘記一些事，是因為這些事應該要忘記。所以，妳根本不必硬要想起來。」

「……是這樣嗎？」

「就是這樣。」

她的臉仍然埋在我胸口，陷入了思索。

「可是，我很不安，總覺得自己好像忘記什麼非常重要的事。」

我搖搖頭。「這是常有的錯覺。不管是多麼用不著的垃圾，剛失去時總會莫名不安，越想越覺得自己丟掉的這個東西，是價值大得無與倫比的寶物。可是真的去翻垃圾桶，把東西找回來一看，就會發現那終究只是垃圾。」

初鹿野難受地扭動身體，我這才注意到自己的手臂以超乎想像的力道絞住她，趕緊放鬆力氣。

「對，這樣就不要緊。」初鹿野鬆一口氣，身體放鬆下來。

「不好意思。」我先道歉，然後說下去：「真要說起來，人多多少少都是一邊忘記一些事情一邊活下去。真的什麼都記得住的人，只有那麼一小撮而已。可是，誰也不會抱怨這一點。妳知道為什麼嗎？我想這是因為，大家都知道，到頭來所謂的回憶只不過就像獎盃或紀念品，當下這一瞬間才是最重要的。」

我慢慢放開緊緊抱住初鹿野的手，她搖搖晃晃地往後退，癱坐在床上，然後以恍惚的表情看著我的臉。幾秒鐘後，初鹿野忽然回過神來，似乎在擔心是不是被人看見而一再四處張望。她慌亂的模樣讓我感到很新鮮，忍不住嘻嘻笑出來。

「我說啊，初鹿野，現在還是暑假。而且不是普通的暑假，更是十六歲的暑假。妳不覺得有空為了失去的記憶不痛快，還不如好好享受當下這一瞬間來得明智嗎？」

初鹿野看著自己的膝蓋，思考我所說的話。

過一會兒，她開口說：

「……的確，也許檜原同學說得沒錯。可是，說要享受當下這一瞬間，我還是不知道具體來說要做什麼。」

我立刻回答：「我會幫妳。不，讓我幫妳吧。」

初鹿野對我的反應之快嚇了一跳，連連眨眼。

「我有個很單純的疑問。」她撥著頭髮問：「你為什麼願意為我做到這個地步？」

「要我告訴妳也行，但是我想，妳聽到答案多半會後悔，覺得早知道就不問。」

「沒關係，請你告訴我。」

「原因很簡單，因為我喜歡妳，而且不是對於朋友的喜歡，而是對於一個女生的喜歡。所以，我想盡可能幫妳，也希望盡可能讓妳喜歡上我。」

我對自己這個人感到十分傻眼，心想我到底知不知道自己在做什麼？我冒用朋友的名字哄騙女生，還趁亂說出以往無論如何都不敢表白的真心話。我所做的事，和那些利用自己在公司或大學的立場，還先打了「喝醉」這劑預防針才向女生求愛的人，幾乎沒有什麼兩樣。

「等一下，請你等一下。」初鹿野露出可以解釋成憤怒，也可以解釋成快要哭出來的複雜表情，以非常錯亂的模樣說：「可是……這本日記上，寫說檜原同學好像是受到荻上同學吸引……」

「那不只是寫這日記的人這麼想嗎？但其實不是這樣。我從認識妳的那一天，就一直深深受到妳吸引。」

初鹿野開口，似乎想說些什麼，但這些話尚未通過喉嚨就散得七零八落。她收集這些碎片，等待言語再度成形，然而話語一旦失落，就再也找不回來了。

初鹿野開始凝聚新的話語，然後到了某個階段，彷彿有所確信似地睜大眼睛、抬起頭來。她雙手撐在床上站起身，朝我倒過來。我來不及細想便接住她苗條的身體，牢牢抱住她。

「我決定不想起來了。」初鹿野以微微暈開的嗓音說。「反正根本不會有什麼回憶能比現在這一瞬間更美妙。」

我像誇獎小孩子似地摸摸她的頭。「對，這樣就好。」

初鹿野像要確定我的存在，在我懷裡連連喊著「檜原同學、檜原同學」。每當她這樣呼喚這個不屬於我的名字，我的胸口就一陣絞痛。

初鹿野放開繞在我身上的手，用手掌擦去眼角的眼淚。風從窗戶吹進來撥動她的頭髮，緊接著好像靜止的時間又開始流動，一陣陣蟬鳴聲回到我耳中。直到這一瞬間來臨之前，我都只聽得見初鹿野的聲音。

「檜原同學，請你幫我。」初鹿野一隻手按住飄起的頭髮，開口說：「請你讓我有個美好的十六歲暑假，哪怕只有最後十天也好。」

「好，包在我身上。」

我牢牢握住初鹿野伸出的右手。

在她父親來接她之前，我們都未放開手。

＊

翌日，我收到一封信。我從信箱抽出信封，翻過來看到寄件人的名字時，當場倒抽一口氣。

是荻上千草寄來的信。

看樣子並不是死人寄信來，信封角落貼著指定寄達日期的貼紙，郵戳是八天前蓋的。八月十四日是千草勸我放棄初鹿野的那一天，翌日的八月十五日，千草把寫了初鹿野過去的信交給我。但看來除了那封信之外，她似乎還另外留下一封信。

千草應該多得是機會，為什麼不直接把這封信交給我？是考慮到在和我說話之前就死去的可能性，以防萬一才事先寄出一封信嗎？可是，即使真是如此，她為什麼非得特地指定在八天後送達不可？

我為了尋求答案，回到房間打開信封，拿出一張折好的信紙。這是我很眼熟的信紙，和我在十五日那天收到的信所用的信紙一樣。我坐在椅子上閱讀信紙上的內容。

『相信深町同學一定覺得很不可思議，想不通為什麼會在這個時間點收到我寄的信吧？』信上是以這一句話開頭。『老實說，我也不太明白。場面話是：「我認為在八月十五日左右，深町同學還在為初鹿野同學的自殺未遂還有我的消失而動搖，不應該在這個時候打擾你，所以先隔個幾天。」但說不定，我真正的心意是希望這封信最好不要送到深町同學手上。這是為什麼呢？因為這封信上，寫著能讓深町同學和初鹿野同學兩個人都活下來的方法。』

我把這段話重看三次，確定不是自己看錯，信上確實寫著「讓深町同學和初鹿野同學兩個人都活下來的方法」。

我按捺急切的心情，先閉上眼睛深呼吸一次。

文章還有下文：『只是，從某個角度來看，這算是我的妄想。我沒有任何根據，而且即使我的預測完全猜中，深町同學你們都能活命的可能性也不到百分之一。所以，請你不要太過期待。』

文章寫到這裡，空了一行開始新的一段，相信這代表從這裡開始要進入正題。

『我曾經和電話中的女子交談過五次。電話大部分是在晚上打來的，唯有一次是在傍晚響起，那是七月二十九日的十七點整。至於我為什麼連時間都記得很精確，是因為我接起她打來的電話時，話筒另一頭傳來告知時間是十七點整的報時聲。鐘聲會聽得那麼清楚，也就表示她離喇叭相當近。』

這麼說來，我才想到自己過去和電話中的女子交談時，都不怎麼注意她背後的聲響。如今注意到這一點而回顧過去，就覺得跟她講電話時，經常聽到類似風聲的雜音。

『我先從結論說起，那個女人就在鎮上的某個地方。』文章還有後續。『當時我聽見的報時聲，明顯是〈人魚之歌〉的旋律。不用說你也知道，除了美渚町以外，沒有其他地方會採用那首歌做為傍晚的報時聲。還有一點，我聽到的不只有〈人魚之歌〉。在電話快要掛斷時，我聽見話筒另一頭傳來列車煞車的聲響，大概是在十七點五分。深町同學也知道，經過美渚町的鐵路只有一條，列車班次又非常少。能夠在那個時間，從近處聽到報時聲與列車煞車聲的地方，事實上非常有限。』

我吞了吞口水，汗水從額頭滴到信紙上。

『好，在這裡我就提出一個想得太過美好的假設吧：「那個女人打電話給我們時，一定會使用特定一具公共電話。」我當然幾乎沒有任何根據，只是覺得每次都聽到大同小異的雜音，即使真是如此也不奇怪……那麼，如果照這個摻雜自身期望的觀察推論下去，就有個有意思的發現。十七點的報時聲，十七點五分的列車煞車聲——所在處能把這兩種聲音都聽得很清楚的公共電話，整個美渚町內頂多只有四、五處。』

我心想，可是……

知道這點又能怎麼樣？

『即使知道這點，也許還是無濟於事。』千草這麼寫道。『即使查出那個女人打電話的地方，而且她打電話時，深町同學還十分湊巧地正好在場，我也不覺得對方會答應和我方交易。不，豈止不會答應，甚至有可能反而惹火那個女人。又或者電話中的女子其實沒有實體，只是一種概念上的存在，就算找遍整個地球也找不到。不管怎麼說，嘗試找出她，相信十之八九會徒勞無功；無論多麼努力，也可能會變成只是平白虛擲剩下的時間。可是，即使如此，與其什麼都不做地迎來期限，這麼做會不會多少好一些呢？當然最好的方法，是以正當的手法贏得這場賭局。但考慮到初鹿野同學的現況，我覺得這個方法並不實際。當深町同學收到這封信時，初鹿野同學恐怕未必還活在這世上。只是話說回來，即使初鹿野同學承受不了罪惡感而試圖自殺，電話中的女子也可能會為了和深町同學繼續這場賭局便救活她。』

接著，千草這封信以這樣的文章結尾：

『我有一大堆事情想告訴你，但我打算實際見個面親口告訴你。真是不可思議，照理說文章應該比口頭更能正確地傳達事情，但每個人最終還是會比較相信口頭的說法。也許以言語來說，到頭來正確性並不是那麼重要。我就期待我們明天——對深町同學來說是八天前——能夠見面。』

我把這封信重看四次之後，折起來收回信封裡。

千草直到最後關頭都還掛念著我的安危，讓我相當高興。但相信就如她本人所說，嘗試尋找電話中的女人，十之八九會徒勞無功。即使真的歪打正著地找到那個女人，昨天才剛因為「作弊」而受罰的我，不管說什麼肯定都是白說，怎麼想都不覺得自己有交涉的餘地。更根本的問題是，誠如千草所說，那女人未必是個實際存在的人物。

不管從哪個觀點來看，要在剩下的十天內找出電話中的女人，請她放我離開賭局，希望都非常渺茫。與其把剩下的時間賭在這萬中無一的可能性而浪費掉，我更希望能把這些時間用在初鹿野身上。

我已經受夠孤注一擲的賭博。

我把信封塞進抽屜深處，走出家門。

直到這時候，我才想起有件事忘記問電話中的女人。到頭來，那一天她之所以安排機會讓待在家裡的我得以和待在茶川車站的初鹿野通電話，是有什麼意圖？是想給我微微的希望，好加深我事後嘗到的絕望嗎？電話中的女人對此沒有任何說明，我總覺得怪怪的。雖然不知道該怎麼形容才好，但總之就是想不通。

*

我在列車上搖晃三十分鐘，從車站換搭公車，在舊國道上開了十分鐘，下公車後又一手拿著地圖在河畔的住宅區走了二十分鐘，總算抵達初鹿野的祖母家。

這是一棟非常老舊的兩層樓木造住宅，屋瓦四處都有破損，百葉木板牆越高處就有越多油漆剝落，廚房龜裂的拋光玻璃則用膠帶修補。玄關前的通道有著稍微長得太高大的樹木枝葉形成的隧道，彎腰鑽過隧道來到門前，就聞到一股摻雜著線香、米糠醬菜、雜煮、煎魚和藺草氣味的獨特味道。說穿了，就是老人家裡會有的氣味。

昨天初鹿野和我分開前，交給我一張畫著如何走到她祖母家的地圖。

「他們禁止我一個人外出，所以我恐怕很難主動去見檜原同學。雖然很過意不去，但可以請你來見我嗎？」

我說我當然打算這麼做，初鹿野就鬆一口氣地露出微笑。

初鹿野說她接下來得在祖母家過上一陣子療養的生活。這裡沒有任何事物會刺激到她，也不用擔心遇到認識的人而翻出記憶。另外，根據我向綾姊問來的消息，初鹿野失去記憶之前，似乎很親近獨自住在這個家裡的祖母；還說初鹿野歷經那空白的四天而導致個性大變之後，仍會定期獨自拜訪祖母家。相信初鹿野的雙親是把這件事也考慮進去，才會認為祖母家最適合讓她療養吧。據說初鹿野的祖母雖然和她兒子與媳婦合不來，對孫女卻還算願意敞開心房。

我一按下門鈴就聽到地板咿呀作響的聲音，過一會兒，玻璃拉門打開，走出來的是一名大概七十幾歲的瘦削女性。她的頭髮全白了，皮膚滿是皺紋，腰桿卻直得驚人。仔細看會發現，她臉上左右兩邊的皺紋不太一樣，右眼看起來像在瞪我，左眼則像是以中立的角度觀察我。她緊抿著嘴角，給人一種以這個年紀而言頗為聰慧的印象。

這個人就是初鹿野的祖母。

我正要開口說明自己是什麼人，她就搖了搖頭。

「情形我都聽綾說了，進來吧。」

初鹿野的祖母只說了這句話，就背對我走進屋子裡，意思大概是要我跟過去。我說聲「打擾了」走進玄關，關上拉門，脫掉鞋子跟上她。在走廊上每踩一步，木紋合板的地板便咿呀作響。

初鹿野的祖母拉開紙門進入和室後，在矮桌前坐下來。她看我不自在地呆站在紙門前，露出一臉傻眼的表情說：「你站在那裡做什麼？坐下來。坐下來吧。」

我在矮桌前坐下，問說：「請問唯同學呢？」

「還在洗澡。她昨天大概是累了，一來到這裡馬上就睡著。」

她說完，忽然想起什麼似地站起來，把我獨自留在房間裡走了出去。

我環顧房內的光景，最先映入眼簾的是巨大佛壇，佛壇上左右對稱地各放著兩顆小玉西瓜與帶皮的玉米。落地窗旁邊放著一張藤編搖椅，椅子上放著看到一半的書。年代久遠的櫃子上放著兩尊收在玻璃盒裡的日本人偶，掛在和室門上方橫桿的月曆停留在五月沒翻。房間收拾得很乾淨，但看起來不像有頻繁在打掃，比較像是因為不怎麼在這裡生活，自然而然變成這樣。

初鹿野的祖母很快就回來，把麥茶倒進玻璃杯給我。我道謝後接過來喝了一口，然後問起：「可以請教您的大名嗎？」

「初鹿野芳江。」她回答。「門牌上不是有嗎？」

「請問芳江婆婆是怎麼聽綾姊說的？」

「不就是我那個傻孫女去跳海，失去記憶以後跑回來？然後就說由我照顧她。」

「原來如此。」既然她已經知道這麼多，在她面前多半是不必顧慮太多。「順便問一下，她是怎麼說我的？」

「說是個閒著沒事特地給自己找麻煩的男人。」芳江婆婆的嘴角揚起一公釐。「綾好像挺中意你啊。」

芳江婆婆一瞬間露出的表情，和綾姊笑起來的表情一模一樣。我心想綾姊一定是像這位婆婆。

綾姊多半未將我其實是披著檜原裕也皮的深町陽介這件事也告訴芳江婆婆。綾姊在這部分拿捏得很好，我冒名頂替的事還是別讓芳江婆婆知道，在各方面都比較好辦。

芳江婆婆抽出一根放在桌上的香菸，用火柴點著，接著以熟練的動作弄熄火柴的火、丟進菸灰缸後，深深吸了一口，然後緩緩吐出大量的煙。

「要吃點什麼嗎？」

「沒關係，不用了。」

接下來直到芳江婆婆的香菸燒完，我們一句話都沒有交談。簾子另一頭傳來風鈴搖動的聲響，仔細一聽，隔著走廊的另一頭還傳來淋浴的水聲。兩種聲音都很清涼，但房間裡其實非常悶熱，因為佛壇旁邊那台晒著太陽的電風扇並沒有開啟，而且這個房間也不可能會有什麼空調系統。

尷尬的沉默持續良久，由於紙門上方的掛鐘故障，讓我不知道正確來說經過多久，但體感時間感覺已有二十分鐘以上，就好像被關在房間裡的老舊時間在等著這一刻而大舉衝出來，填補了初鹿野現身之前的空檔。

芳江婆婆仔細把抽完的香菸弄熄後，單手手肘撐在矮桌上，手掌托著下巴說：

「我需要一個看守。」

「看守？」我問。

「就是看守唯。」芳江婆婆重說一遍。「如果唯的記憶突然恢復，到時候要是她身邊一個人都沒有，她也許會馬上想把失去記憶前的事情做完。」

我點點頭。

「可是，我沒辦法二十四小時一直照看著她，她應該也不希望這樣。我跟她都不喜歡如此不自由……所以，在我沒辦法看著唯的時候，就由你來看著她，如何？」

「好的，我本來就這麼打算，白天就包在我身上……」

「好，就這麼說定。」她一臉就等我這句話的表情，笑得嘴角上揚。「你現在回家去拿換洗衣物和盥洗用具。」
我的理解速度跟不上事態發展，疑惑地歪了歪頭。
「呃……請問是什麼意思？」
「你不是願意當看守嗎？你姓檜原是吧？你從現在開始被我僱用了。雖然我只出得起跟零用錢差不多的酬勞，但相對的，三餐我都會讓你吃好料。只要待到暑假結束就好，麻煩你待在這個家裡，就近看著唯，別讓她動什麼不好的念頭。」
「您是說真的嗎？」我忍不住問。
「要讓年輕男女同住一個屋簷下，我當然也會抗拒。可是……綾幫你掛保證了。」
「您問過初鹿野的意思嗎？」
「我這就問。」
正好這時走廊地板傳來咿呀聲，紙門拉開來，穿著寬領T恤與短褲的初鹿野，一隻手拿著浴巾站在門後。
「奶奶，熱水器可能故障了，蓬蓬頭只出冷水……」
初鹿野說到這裡就說不出話來，看著我的臉發出尖銳的「哇」一聲退到走廊上。
「檜、檜原同學？你已經來啦？」初鹿野在紙門後這麼說。「對不起，可以請你在那邊等一下嗎？我馬上準備好。」

「我好像來得太早了一點。要不要我去外面等？」

「不用，你在那裡等著就好。真的馬上就好。」

我聽見初鹿野慌慌張張跑上樓的聲響。

她離開之後，四周仍然留有甜美的香皂氣味。

「錢就不用了。」我說。「能得到待在初鹿野身邊的權利，本來甚至由我付錢都不過分。等初鹿野回來，我先跟她說一聲，然後馬上回家去拿行李。」

「你肯接下這份工作是吧？」

「是。還請多多指教，芳江婆婆。」

「哼。」

芳江婆婆哼了一聲，閉上眼睛。她這種樣子和綾姊一模一樣，我重新體認到她果然和初鹿野姊妹有血緣關係。

過了二十分鐘左右之後再度現身的初鹿野，從先前居家的穿著，換成有領子的無袖襯衫。她的頭髮還沒全乾，微微帶著水氣。

「久等了。」她在矮桌前坐下，心浮氣躁地看看我，又看看芳江婆婆。「你們在聊些什麼？」

我暗暗朝芳江婆婆看去，但她露骨地撇開目光，彷彿在對我說：「你自己解釋。」

我想了一會兒，然後問說：「初鹿野，妳聽我說，如果我接下來要在這裡住上一陣子，妳怎麼想？」

「咦……」初鹿野張大嘴巴，當場僵住好幾秒。「這是怎麼回事？」

我窮於回答，總不能坦白說：「是婆婆拜託我看著妳，別讓妳自殺。」我再度朝芳江婆婆送出視線求救，她就一副拿我沒轍似的表情幫了我一把。

「是我請他住下來的。因為有很多事情需要人幫忙，像是打掃家裡，還有採買東西之類的，我正缺苦力。而且有這小子在，唯也就不會無聊吧？」

「話是這麼說沒錯，可是太突然了……」初鹿野用小得幾乎聽不見的聲音這麼說。

「哎呀，妳不喜歡嗎？今天早上妳不是還那麼期待這小子來？」

「奶奶，不要說啦……」初鹿野以雙手食指比叉，阻止祖母發言。「呃，我是完全沒關係。只是怕這樣會給檜原同學添麻煩。」

「那就說定囉。」芳江婆婆心滿意足地點點頭。

我向初鹿野說：「我要先回家一趟拿需要的東西，三小時內應該回得來，我希望妳在這裡等我。」
「嗯，好的，我送你到公車站牌。」
初鹿野朝芳江婆婆瞥一眼，像在徵求她的同意。
「去吧。」
芳江婆婆像要趕我們走似地揮了揮手。

一走出家門，初鹿野立刻問我說：
「說真的，你們談了些什麼？」
「我是被僱用當妳的看守。也就是，該怎麼說……」
我正思索著要如何含糊其辭地蒙混過去，初鹿野就露出微笑。
「嗯，畢竟我是自殺未遂的人嘛，難怪奶奶會擔心。」
「妳能看得這麼開，我就好辦了。」
「檜原同學。」初鹿野靦腆地說。「既然你被僱用來當我的看守，可要時時刻刻看著我喔。」
「嗯，只要妳不討厭的話。」

「那當然。檜原同學，你會討厭這樣嗎？」

「怎麼可能？不管是以什麼形式，能獲得繼續待在妳身邊的理由，我都很開心。」

初鹿野停下腳步，踮起腳尖，摸了摸我的頭說：「這樣很乖，很好。」我有種懷念的感覺。還是國小生時，她動輒會這樣摸我的頭。多半是即使失去了記憶，這種習慣動作還是會保留下來。

我在公車站牌前和初鹿野道別，然後又花一個小時左右回到自己家。家裡沒有一個人在，我寫了一張便條放在茶几上，說要在朋友家住個十天左右。我國中時代曾頻繁地在檜原家過夜，相信爸媽不會覺得奇怪。對於要不要把千草寄來的信帶去，我猶豫了一會兒，但難保不會陰錯陽差地被初鹿野看到，所以我決定把信留在家裡。我把最低限度所需的換洗衣物和盥洗用具塞進包包，快步走出家門。

我在正午時分回到初鹿野的祖母家，吃過放滿配料的中華涼麵後，芳江婆婆要我們打掃家裡。所有有水的地方都由芳江婆婆負責，和室、書房、儲藏室、走廊與樓梯則由我和初鹿野合力打掃。我們換上不怕弄髒的衣服，準備好裝了肥皂水的水桶與裝清水的水桶，把所有房間的窗戶都擦過。水桶的水轉眼間就變成全黑，我們得一再去換水。

擦完窗戶後，我們拿起撢子，把整個房間的灰塵都撢掉，接著用掃把將灰塵集中起來清掉，再用抹布擦拭每一塊榻榻米。準備好的垃圾袋裝滿棉絮與灰塵，光看就讓人想打噴嚏。

「感覺好像真的被僱來當幫傭呢。」

初鹿野看著手腳著地擦著榻榻米的我，瞇起眼睛說道。

初鹿野早已習慣打掃和室，教了我很多要領，例如最好用掃把順著榻榻米的縫隙掃過，還有榻榻米很怕水等等。她即使喪失記憶，對於打掃步驟之類的事情卻還記得，讓我心生疑惑地詢問。她停下動作，「唔～」地一聲思索起來。

「我也不太清楚。只是，這幾年新學到的知識，還有高中怎麼去，這些我幾乎全都想不起來。所以我想，自己大概只是忘了這幾年來發生的事。關鍵似乎不在記憶的性質。」初鹿野說。

「到什麼時候的事情妳還想得起來？」

初鹿野看著空中，翻找記憶。

「我能清楚想起的，是到國中一年級的秋天或冬天那陣子。從那之後到現在的記憶，全都消失了……我想我的人生，就是從那陣子開始變得不順利吧。」

我震驚地抬起頭來。「那麼，現在的初鹿野，實質上就像個國中一年級生吧？」

「嚴格說來應該不是，不過大致上這樣看待我並沒有問題，檜原學長。」

初鹿野說完嘻嘻一笑。

我們擦完走廊和樓梯，最後去打掃玄關。我們先用掃把掃掉沙塵，然後灑水，再用刷子用力刷洗地板。水三兩下就變得又黑又濁。我們把打掃用具收進儲藏室後回來一看，芳江婆婆也已經打掃得差不多了。

大掃除剛結束，芳江婆婆就拿了竹籃給我們，要我們去採收家庭菜園裡的蔬菜，像是長滿小刺的小黃瓜、發出青草味的番茄、鬚很長的玉米。要用的菜都採收完後，接著是幫花澆水。我用接了水管的灑水器，把水灑向許多連名稱都不知道的植物，庭院裡因而出現一道小小的彩虹，讓初鹿野開心地拍手。我關掉水龍頭、把水管捲回去時，還聽到水從枝葉滴下的聲響。

晚餐用了大量剛採收的新鮮蔬菜，吃完飯、連衣服都洗完後，芳江婆婆坐在窗邊的搖椅上翻開晚報。我和初鹿野在一旁等她下達下一道指示，芳江婆婆說：

「今天你們自由了，愛去哪兒就去吧。」

我們面面相覷。「要不要先出去再說？」初鹿野問，我表示贊成。

我們沒決定要去哪裡，並肩走在黃昏的鎮上。圍繞整個鎮的林子裡，傳來面臨夏季的尾聲而活得倉促的暮蟬大合唱。明明還不到七點，四周卻已染上鮮豔的夕陽色彩。不是在大都會裡看見的那種火燒似的紅色夕陽，而是一種會從所有事物當中悄悄奪走現實感的橙色夕陽。

我們就在這有如置身於久遠回憶當中的光景裡，漫無目的地走著。在商店門口的長椅坐下來，喝著從店裡買的彈珠汽水時，我發現一件事。

試著回想，從走出家門到現在大約三十分鐘左右裡，初鹿野從不曾走在我的右側。雖然不知道她是有意識還是無意識，但多半是不想讓我看見她有胎記的那一邊臉。

一旦注意到這一點，我接下來也陸續發現她許多小小的用心。例如，初鹿野對我說話時，不太會改變臉的角度，似乎是極力想遮住胎記；另外在擦拭額頭的汗水後，一定會把瀏海撥回到左邊；而且，談話中不時會無意義地以左手捧著臉。

我並不覺得她這樣很神經質，因為我以前和初鹿野在一起的時候，也隨時都待在她右側。因為我希望盡可能讓她記住我比較好看的部分。

初鹿野打開彈珠汽水的瓶蓋，取出彈珠，以大拇指和食指拿著彈珠看向夕陽。我學著她仔細看彈珠，在這小小的鏡頭中、上下顛倒的景色裡，看見了橘色的海。

「天色越來越快變黑了。」我說。

「畢竟八月快要過去了嘛。」初鹿野在長椅上搖晃著雙腳回答。「再過不到半個月，就會連這些蟬鳴聲也聽不見吧。」

初鹿野從長椅上站起身，把彈珠汽水瓶丟進回收桶，然後轉身對我露出微笑。

「可是，白天變短是好事。」

「初鹿野喜歡晚上嗎？」

「嗯，因為可以忘記自己的胎記。」

「我倒是很喜歡妳的胎記。」

「謝謝你。可是，一定也有很多人討厭這胎記。」初鹿野的左手輕輕捧著臉頰。

「我就是其中之一。」

我們再度開始散步。太陽下山後，地表剩下悶熱的熱氣。我們為了尋求涼爽，走進最近的一家超級市場。店內異常昏暗，冷氣冷得令人生厭。我們在賣場裡繞了一圈，然後爬上樓梯、穿過遊樂場，來到屋頂的停車場一看，天色已經全黑。周圍沒有其他比較高的建築物，從屋頂邊緣看去，可以將一整片住宅區裡的零星燈火盡收眼底。

時間緩緩流逝。我們手肘撐在油漆剝落而會扎人的欄杆上，看著這片小小的夜景，天南地北地閒聊。待在夜晚的屋頂，就無法不想起我們四人聚在廢墟觀測天文的那些日子，但我努力不讓這些痛苦或難受的心情表現在臉上。

初鹿野在糕點賣場買來了櫻桃麻糬，用牙籤插著一塊接一塊送進嘴裡。我不經意地看著她，初鹿野似乎有所誤會，用牙籤插起一塊櫻桃麻糬遞過來說：「檜原同學也要吃嗎？」我尚未伸手去接，她就把牙籤送到我嘴邊。她的舉動是那麼自然，讓我也理所當然地張開嘴巴。我心想，感覺就好像回到四年前的那個時候。當時，她也是這樣一臉若無其事的表情，做出讓我嚇破膽的事。

「差不多該回去了吧？」

初鹿野說完，正要插起最後一塊麻糬。但或許是牙籤插不牢，櫻桃麻糬從她手上掉到欄杆外，承受著夜風吹拂掉到地上。

我們回到芳江婆婆家後，聽她說熱水器似乎真的故障了，只好拿著木頭澡盆和毛巾前往附近的收費澡堂。我們各自付三百圓給櫃台的老人，說好一小時後會合，然後我就和初鹿野分開了。但由於熱水實在太燙，我泡不到三十分鐘便起來。

在初鹿野回來前，我坐在電風扇前面發著呆看電視。電視上正在播放半個月前發生的現金搶案特集，其中一名犯人臉上似乎包著類似繃帶的東西，新聞節目為圖方便，就稱之為「木乃伊男」。我事不關己地想著，這還真是一起很有夏日風情的案件。

初鹿野在約定好的時間五分鐘前回來了。她買來果汁調味乳，匆匆忙忙在我身旁坐下，也不說什麼，就朝電視看去。初鹿野喝完牛奶後，把瓶子放回自動販賣機的回收箱裡，然後似乎想到什麼，站到我背後用雙手輕輕搔著我的頭髮。我也依樣畫葫蘆地回敬，她就覺得很癢似地笑了。

涼爽的夜風中，我們悠哉地踩響涼鞋回去。一回到家，我們就從櫥櫃裡拿出棉被，各自鋪好床。芳江婆婆睡在二樓的寢室，我和初鹿野則睡在一樓的和室，兩人間只隔著一道紙門。

芳江婆婆趁初鹿野蹲著點蚊香時，在我耳邊小聲說：「話先說在前面，這棟房子裡只要有一點聲響，我就會聽得很清楚，你可別動歪腦筋。」

我聳聳肩膀。「我知道。」

芳江婆婆拉上用來隔間的紙門、上去二樓後，我躺進被窩裡，關掉電燈。由於白天被使喚著做了很多事，身體非常疲憊，但光是別人家的氣味就已讓人心神不寧，再想到初鹿野便待在幾公分外的紙門另一頭，更讓我清醒得睡不著。

我閉上眼睛，專心聽著單調的蟲鳴聲，等待睡意來臨。這時，初鹿野從紙門後小聲叫了我一聲。

「檜原同學，你醒著嗎？」

「我醒著。」我也小聲回答。

「你不覺得這樣很像校外教學嗎？」

「要來丟枕頭嗎？」

「這是男生會想到的主意呢。」

初鹿野笑得很開心。她似乎是待在離紙門很近的地方說話。要是說話聲音傳到一樓去就不好了，所以我也靠近紙門，盡可能放低音量。

「那麼，女生會想到什麼主意？」

「那還用說？女生會聊自己第二喜歡的男生。」

「第二？」

「對，第二。因為最喜歡的對象絕對會和別人重複。要是遭到競爭對手敵視會讓人很困擾，為了避免這種情形，大家都絕對不說自己最喜歡的男生是誰。至於第二喜歡的對象，即使和別人重複，也不至於讓氣氛變得劍拔弩張，不是嗎？所以，有時候偏偏只有班上最受歡迎的男生，一次都不會被大家提起。」

「這個想法真有意思。」

「是真的啦。我周遭就有幾個早熟的女生，在國小畢業典禮的前一天向男生告白，可是每個人告白的對象，都和校外教學裡所說的『喜歡的男生』不一樣。」

「也就是說，校外教學裡聊的那些話，其實像在刺探彼此的底細嗎？」

「就是這麼一回事，若是傻乎乎地說實話也沒有任何好處。不過這只是國小時的情況，國中的校外教學又是如何，我就不清楚了。」

我停頓一次呼吸的時間，然後說：「那麼，初鹿野在國小的校外教學，也說了自己第二喜歡的男生嗎？」

「那是祕密。」

「都已是國小的事情，不用保密吧？」

「不行。因為現在的我，腦子還是國中生。」初鹿野越說越小聲地說完後，故意扯開話題似地問我：「男生是什麼情形？總不會從回到寢室直到就寢的一個小時裡，一直在互相丟枕頭吧？」

「男生也沒什麼兩樣啊，大家第一天都在說自己喜歡的女生……只是我們所說的，倒不是第二喜歡的對象。」

「你們都老實說出最喜歡的女生是誰嗎？」初鹿野顯得很吃驚。

「老實說，這可能有點語病。我不知道是不是男生一般都這樣，但我周遭那些傢伙，都是說『我沒有看上哪個女生，但如果一定要說，大概就是她吧』，然後說出最喜歡的女生名字。」

但是，當時我並未加入談話的圈子，自己一個人鑽進被窩裡。

「男生真可愛。」初鹿野說。

「也是啦，跟女生那樣比起來，也許還算可愛。」

初鹿野煞有深意似地小聲清了清嗓子，然後問：

「檜原同學，你有沒有看上哪個女生？」

「我沒有看上哪個女生，但如果一定要說，大概就是初鹿野吧。」我笑著回答她。

「妳呢？」

「我喜歡陽介同學。」

這一瞬間，我產生被她看穿真面目的錯覺，當場背脊發涼。但仔細一想，就知道不是這樣。對現在的初鹿野來說，身邊的「男生」只有檜原裕也和深町陽介，她只是把這兩人當中並未被選為第一的那個人，列為「第二喜歡的男生」說出口。

但即使只是這麼一句從對話的脈絡中偶然產生、沒有意義的話，能從初鹿野口中聽到「我喜歡陽介同學」這句話，仍讓我無法不歡喜。我把她這句話深深記在心裡，不只是文字和旋律，連抑揚頓挫都仔細記住，還佐以聽見這句話時心中萌生的幸福錯覺。

這時，我忽然想起電話中女人說過的「懲罰」。她說：『今後禁止你在初鹿野同學面前說出自己的真實身分。』但除此之外，沒有更進一步的詳細解釋。可是，即使不直接揭露自己的身分，仍然多得是方法可以讓初鹿野知道我是深町陽介。若使用這種間接的手段揭曉我的真面目，也算是犯規的行為嗎？追根究柢來說，那女人用「禁止」這個說法，背後又有什麼含意？是單純意味她對這種行為設下了罰則？還是說——就像《人魚公主》裡的女巫所做的那樣——這意味著她讓我根本不可能在初鹿野面前揭露自己的身分呢？

我決定用一個灰色地帶的手法來測試。步驟是這樣的，我問初鹿野她國小的時候，家裡是不是有養金魚。如果她說有，我就說中金魚的名字叫做「火乃子」。即使她問我怎麼會知道，我仍堅稱「因為覺得會叫這個名字」。這樣一來，就不是我直接揭露自己的身分，而初鹿野則會納悶我為什麼知道金魚的名字。當然只是這樣，並不構成我就是深町陽介的證據，但這可以成為讓她起疑的契機。

我將這個計畫付諸實行。

「初鹿野，我說啊。」

「什麼事？」

「妳國小的時候——」

這一瞬間，喉嚨竄來一陣劇痛，那是一種像被人用燒紅的火鉗插進喉嚨裡亂攪一通似的劇痛。我的喉嚨哽住，連哀號都發不出來，當場冷汗直冒，忍受著這種痛楚。

「你怎麼了？」初鹿野從紙門另一頭問。「是有哪裡會痛嗎？」

我很想說不要緊好讓她放心，但我既無法回答，也無法動彈。大概是聽不到我的回答而不安，初鹿野輕輕拉開紙門，問：「檜原同學，你怎麼了？」她看到我按住喉嚨縮起身體，就來到我身邊坐下問：「你還好嗎？」還擔心地伸手撫著我的背好幾次。

痛楚本身雖然劇烈，但並未維持太久，不到一分鐘就漸漸消退。但這一分鐘裡，我似乎流了多得令人難以置信的大量汗水，上衣都濕透了，喉嚨也十分乾渴。

「……我已經沒事，不好意思讓妳擔心了。」我對初鹿野微笑。「我去喝個水。」

我站起來，她也擔心地跟過來。

「你真的不要緊嗎？不用去醫院嗎？」

「嗯，我只是腳抽筋而已。」

我在廚房喝了三杯水，心情變得平靜一些。

再度回到和室後，初鹿野仍然一直在我的被窩旁邊問：「你還好嗎？會不會痛？」即使我說自己完全沒事，仍無法讓她相信。過了三十分鐘左右，她才總算從我身邊離開，回到自己的被窩。

「晚安，檜原同學。明天見。」

「嗯，晚安。」

我離開紙門，回到自己的被窩，再度閉上眼睛。

儘管最後起了些波濤，但整體而言，我這一天過得非常非常幸福。我在漸漸沉沒的意識中心想，要是明天、後天、大後天都是這麼幸福的日子就好了。只要能夠如願，要我奉上所有幸運都行，反正我只剩下幾天的性命。我並不是奢求更多幸福，只要到這個暑假結束為止，都能一直過著像今天這樣和初鹿野相視而笑的日子，便已心滿意足。

但這個世界，就是會把改變給予祈求穩定的人，而把穩定給予祈求改變的人。完全的平靜在這一天就已經結束了，翌日，在我一下子沒看著她的空檔，初鹿野就聽見一個萬萬不能聽見的聲響。

沒錯，那是黑暗中響起的電話鈴聲。

第11章　這只是個小小的幸運魔咒

實際發生異狀，是在我住在初鹿野祖母家的第三天深夜。我在生鏽的檯燈燈光下翻開羽柴先生以前送我的書，一頁一頁看著，就聽見初鹿野在紙門後倒抽一口氣的聲音。

那是個非常悶熱的夜晚，起初我以為她是睡不好才醒來，但過一會兒聽見她深呼吸的聲音。那是一種像在暴風雪的山上小木屋裡等待救援的受困者會有的顫抖呼吸聲，不知道她是不是做了很可怕的夢？

我正猶豫著該不該去看看她，就聽到紙門拉開的聲音。不是隔著我與她的紙門，而是通往走廊的紙門。我聽不見腳步聲，但初鹿野應該是離開了房間沒錯，相信不是去廚房喝水，就是去洗手間吧。

但過了五分鐘，初鹿野還未回來。我聽見窗外的風鈴聲，總覺得心神不寧，便放下書本、關掉檯燈，走出了房間。我小心翼翼地避免發出腳步聲走過走廊，看到玄關的拉門開著沒關，夜風從門口灌進來。

我穿上涼鞋跑出室外，立刻找到初鹿野——不，也許說她找到我會比較貼切。初鹿野坐在石牆上仰望著夜空，一看到我就一副已經等了幾小時似的模樣，小小嘆一口氣。

「你總算發現了。」初鹿野閉上眼睛笑著，那是一種強顏歡笑、令人心痛的笑容。

「你應該把我看緊一點。昨天還有前天，我也都在深夜偷偷溜出來。你不知道吧？」

「嗯，我不知道……我這個看守太失職了。」

我在初鹿野身旁坐下，先豎起食指確定初鹿野是在上風處，才拿出香菸點著。

多虧有防犯路燈的燈光，讓我並未忽略她的眼睛紅紅的。

「喪失記憶以前的初鹿野，也常常像這樣仰望夜空。」我吐出第一口煙，然後開口。「她是個很喜歡星星的女生，看來這點到現在還是一樣。」

「嗯，好像是。」

她的回答有些心不在焉。

「妳做了惡夢嗎？」我問。

「好厲害，真虧你猜得到。」初鹿野雙手手指交握，睜開眼睛回答我。「你怎麼會想到呢？」

我未回答這個問題，而是說：「妳昨天和前天也都是做了惡夢才醒來吧？」

「嗯。」

「是什麼樣的夢？」

初鹿野搖搖頭，站起來拍掉衣服上的灰塵。

「我已經忘記了，只記得很可怕。」

「……這樣啊。」

「檜原同學，既然都醒了，我們散散步吧？」

初鹿野說完，不聽我回答就邁開腳步，我也站起來跟上。

她所做的夢，多半是和失去的記憶有關。連續三天都做惡夢驚醒，這可不尋常。我心想，搞不好她是每天晚上都在夢中一再回想起「空白的四天」。

我們默默走在夜路上。田邊以等間隔設立的木製電線桿上所掛的防犯路燈，聚集了許多小小的飛蛾，底下則有金龜子與步行蟲徘徊。夜空籠罩在薄薄一層雲中，月亮在雲層後發出淡淡的光芒。

我們繞行住宅區一圈，快要回到家時，初鹿野打破沉默。

「檜原同學，你可以在我身邊待到何時？」

「這是什麼意思？」我不動聲色地反問。

「誰知道呢？我也不太清楚。」

她說完想笑，但似乎擠不太出笑容。

「只是……你想想，像千草同學還有陽介同學，不都從我身邊消失了嗎？我想說，是不是有一天檜原同學也會消失。」

我滿心想說「不會」好讓她放心，也知道初鹿野期望我這麼說，例如回答：「從初鹿野面前消失？我怎麼可能做出這麼可惜的事？」她是希望我能把惡夢帶給她的一抹不安付之一笑，才會問出這種問題。

問題是，她的不安猜中了。假設我現在騙她，之後真有辦法演出一場那麼完美的戲把她騙到底嗎？我有辦法絲毫不露破綻、光明正大地欺騙初鹿野嗎？我完全沒有自信。與其現在硬要說謊反而讓她不信任，不如多少老實回答——這就是我得出的結論。

「嗯，還有七天。」我回答。

看得出初鹿野的表情當場僵住。

「直到八月三十一日，我都可以陪在妳身邊。到期之後，我得去一個很遠很遠的地方。我也不想離開妳身邊，但這是從很久以前就決定的事。」

「很遠是多遠？你要去哪裡？」

「我沒有辦法清楚回答。」

「能偶爾回來嗎？」

「不能。」我搖搖頭。「很遺憾的，這也沒辦法。過了八月三十一日後，我想我再也見不到妳。」

「……這樣啊。」

初鹿野低下頭落寞地笑了，她的反應遠比我想像得更為平靜，想來她多半是從一開始就考慮到這種回答的可能性。也許她是從我的言行舉止透出的些許不對勁，看穿我有所隱瞞。

「我明白的，檜原同學也有很深的苦衷吧？」

「嗯。抱歉，我之前都瞞著妳，因為我不知道該怎麼開口。」

「我才要說對不起，讓你費心了。這樣啊？還有七天……」

初鹿野喃喃自語。

我們回到家後，壓低腳步聲走過走廊，以免吵醒芳江婆婆，然後各自回到自己的房間就寢。

翌日早上，我想叫醒初鹿野而拉開紙門，結果在抱著膝蓋睡的她枕邊發現了日記。

到頭來，她還是選擇「想起」。這也難怪。畢竟她身邊的人們接二連三地消失，會想知道理由而調查自己的過去，是非常自然的想法。即使明知這當中也許包含會從最根本的層面撼動自我存在的致命消息，她也不能罷手。

我輕輕撿起日記，坐在窗邊翻開。我絲毫不覺得，要是知道了「空白的四天」的詳細情形，會讓我對初鹿野唯這個人失望。無論她有著什麼樣的過去，我都有覺悟接受。哪怕初鹿野和一年前那兩名國中女生的自殺有著很深的關係——不，甚至哪怕是初鹿野殺了她們兩人——我對她的心意多半都不會改變。

我忍住想仔細看完每一頁的慾望，翻動書頁尋找一九九三年七月的日記。

我的手在某一頁停下來。日記簿裡有很多頁都頗為空白，頁面十分清爽，只有這幾頁密密麻麻地用小小的文字寫了很長的文章。

上面將「空白的四天」的真相寫得清清楚楚。

＊

齒輪開始錯位，是在一九九三年的二月二十八日。這一天，初鹿野漫步在積了薄薄一層細雪的大街上時，和意想不到的老朋友重逢。

船越芽衣與藍田舞子，她們是國小時代和初鹿野一起上補習班的朋友。初鹿野注意到她們從前方走來，不及細想便連忙環顧四周，尋找有沒有地方可以躲起來，然而對方搶先一步看到初鹿野。她們一看到初鹿野的臉，一瞬間似乎想說些什麼，但總算驚險地把話吞回去，只說聲「好久不見」。初鹿野也心不甘情不願地回應對方的招呼。

初鹿野能輕易料到她們吞下的是什麼樣的話。這時候，她臉上的胎記已經大到瀏海遮不住的地步。初鹿野心想，她們應該滿心想問她臉上的胎記是怎麼回事，但還是忍住不問。大家都是這樣，一看到她的胎記便露出一臉震驚的表情，盯著胎記仔細打量，然後才擺明裝蒜地扯起無關的話題，但談話過程中，一樣會頻繁地偷看胎記。那是一種摻雜同情與好奇心的視線。不過，他們絕對不會主動提起胎記。

初鹿野每次都心想，既然那麼好奇，乾脆老實問出來，她還比較輕鬆。只要問一句「妳臉上的胎記是怎麼回事」就好。但很少有人能想得這麼深，相信大家都是將那當成腫傷似的，小心不要去碰觸，很少能理解這世上也有一些腫傷，適度碰了反而可以減輕痛楚。

初鹿野心想，相信她們兩人在她面前也會當作那片胎記不存在，離開後才拿來當話題，講說「她的胎記好大」之類的。

然而，談話開始後沒過幾分鐘，船越就說「對了」並直視初鹿野的胎記，問：「妳臉上的胎記是怎麼回事？」

「不是單純受傷碰出來的吧？」藍田也小心翼翼地問。

「如果是我誤會了，那先說聲不好意思，可是我覺得，妳好像是故作堅強。」船越說。「我說啊，如果妳不排斥，我想聽妳說說這胎記的事。」

她們兩人坦率地提問讓初鹿野很開心，便開始說起來，而且一開口就停不下來。初鹿野像要把先前累積在心中的話都吐出來，對長出胎記後自己人生中發生的種種變化說個不停，包括別人對她投來的視線含意有了明顯的改變；包括不時有人會因為看到胎記而顯露出厭惡；包括她開始會抗拒說話時正視對方的眼睛；包括自己變得不管做什麼都會意識到旁人的視線而緊張，結果就做不好；包括她越來越不敢出現在人前，假日往往把自己關在家裡；包括在學校雖然逞強裝得若無其事，內心卻隨時都擔心受怕；包括沒有人可以商量，她總是一個人煩惱。

無論船越還是藍田都熱心地聽她說話。初鹿野之所以什麼都說出來，是因為她確定「她們兩人應該會明白」。之所以會這麼想，也是因為無論船越還是藍田，儘管情形不同，但都和初鹿野一樣有著身體相關的煩惱。她們兩人都很聰慧又有幽默感，是很有魅力的女生，但身上顯眼的部位各有著對青春期的女生來說非常致命的問題（日記中並未針對「問題」詳加說明，只是就像我以前被同學比喻為歌劇院怪人、初鹿野被比喻為阿岩那樣，她們似乎也因為身體上的特徵，被人取了不好聽的綽號）。

花了幾個小時訴說完自己的煩惱後，初鹿野對兩人道謝。

「謝謝妳們。以前我都找不到人說這些話，所以我好高興。」

「別放在心上。能夠知道像小唯這樣受歡迎的人，也和我們有著一樣的念頭，讓我有點高興呢。」藍田說

「妳有什麼事隨時都可以找我們商量。」船越說。「話先說在前面，這可不是客套話，因為我們對妳的心情能感同身受。」

然後，藍田忽然想起什麼似地說：「小唯，如果妳不介意，以後我們要不要也像現在這樣，三個人出來見個面？」

在這個提議之下，初鹿野開始定期和那兩人見面。她們每週聚會一次，互相訴說日常的不滿與疑問，以及隱隱約約的一種活得很艱辛的感覺。每當她們三個人一起聊天，初鹿野就會陷入一種彷彿是同一個人格分裂成三個在談話的錯覺。多半是因為她們都是身體有缺陷的人，彼此有共通的觀感。初鹿野時常會覺得佩服，心想她們竟然連自己這

麼細微的心情都能體會。

例如船越說過：「老實說，我實在不懂美容整形有什麼不可以。不，正確的說法是叫美容外科手術嗎？反正正式名稱不重要啦。化妝、燙頭髮或是矯正牙齒就行，美容整形就不行，這不是很奇怪嗎？雖然也有人說身體髮膚受之父母，對自己的身體動刀太失禮了，但如果我是爸媽，只要整形能讓兒女幸福，我倒覺得儘管動刀無所謂。雖然這麼說有點過分，但醜陋根本是一種病。」

初鹿野想了一會兒說：「我對這件事也有很多話想說……我覺得很多人認為的美容外科手術的問題，根本是欲加之罪，何患無辭。人們對美容外科手術的厭惡，根源應該是來自對身體的絕對信賴感，以及怕這種信賴遭到背叛的恐懼。人們是本能地害怕用來辨識『這個人就是這個人』的基準有所動搖。」

「畢竟只要允許對身體的某一處整形，就和允許對一百處整形沒兩樣。」藍田立刻回答。「如此推論到最後，就會變成除了腦子以外，即使將其他部分都變成另一個人也無所謂。」

船越點頭。「是啊。不就是『如果把一艘船的零件逐步換掉，等到最後把所有零件都換過一遍，這艘船是不是還能叫做原來那艘船』這種問題嗎？可是，實際上也沒有人會因為換掉一成的零件，就說『這和修改前的船是不同一艘』，所以，我覺得人類的身體也可以容許一成左右的改造。」

「不管怎麼說，我們的問題都不是靠美容外科手術就治得好，所以討論這種事可能也沒有什麼意義。」

藍田說完無力地微笑，船越和初鹿野也都嘆一口氣，但這當中有一種令人自在的共鳴，一種知道不只有自己一個人品嘗到不合理的卑微安心感。

不知不覺間，船越和藍田成為初鹿野的心靈支柱，說是完全依靠她們也不為過。到了春天，她們兩人開始漸漸提起對班上同學的憎恨，或是暗示有自殺念頭的發言，但初鹿野仍然只覺得，這是她們對她敞開心房的證據。

初鹿野的眼睛完全被蒙蔽了。

六月四日，船越和藍田把她們在學校受到霸凌的情形告訴初鹿野。「我們兩個似乎成了同學宣洩考試壓力的出氣筒。」船越是這麼開口的，她們淡淡地說起在學校受到什麼樣的待遇。如果她們的說法沒有誇張之處，那簡直是令人無法想像的地獄。初鹿野由衷為她們感到遺憾，同時感受到一股那兩人對她有什麼期望的沉重壓力。初鹿野從說完這件事的兩人身上，感覺到一種近乎脅迫的無言壓力，就好像被兩隻看不見的手牢牢抓住雙手，並對她說：「既然妳已知道這麼多，可別想就這麼回去。」

初鹿野心想，自己也許正被捲進某種棘手的事態裡。

不好的預感猜中了。自從船越和藍田提起霸凌的事情以後，開始比以前更加露骨地說出仇恨與絕望的話，不是說想快點死了算了，就是真想殺了誰誰誰。不用把身體部位全部換掉，她們兩人便已變得和以前判若兩人。初鹿野以前所喜歡的船越和藍田，已經不復存在。以前會開起獨特的玩笑、讓周遭和樂融融的兩人，變成現在這個樣子，讓初鹿野除了難過還是難過。

初鹿野已經跟不上她們兩人的話題，但無法在她們冷靜下來之前和兩人保持距離，因為初鹿野最害怕的就是被她們兩人排擠。要是現在遭她們放棄，她多半會失去宣洩苦惱的去處，三兩下就像氣球一樣漲破。初鹿野硬逼自己配合她們，只要她們說想尋死，也就跟著說自己想尋死；她們說想殺人，也就跟著說自己想殺人。換句話說，初鹿野因此培養出和那兩人不同種類的瘋狂。

船越和藍田的行動越演越烈。當她們的仇恨越過分水嶺，言語就轉變為行動。

這一天，她們兩人像甩脫了附身的邪靈似地平靜。她們很會聊、很會吃、很會笑，簡直像變回了幾個月前的她們，讓初鹿野很開心。搞不好是學校的霸凌事件已經平息，這樣一來又可以和以前一樣，三個人一起度過親密的時間——初鹿野才剛產生這樣的念頭，船越就無邪地說：

「我們去她家放了火。」

兩人高高興興地對啞口無言的初鹿野說，她們對身為霸凌主嫌的班上同學家灑了煤油縱火，並說起那名同學今天請假沒來上學。她們在回家的路上繞去同學家察看，發現房屋全部燒毀，那名同學的房間還露了出來。

「那個女生怎麼樣了？」初鹿野以顫抖的嗓音問。

「她沒死，不知道是幸還是不幸。」船越回答。「可是，她應該會有一陣子沒辦法來上學。」

「今天的學校好和平呢。」藍田說得心有戚戚焉。「只是少了她一個，上學竟然就會變得這麼輕鬆。」

初鹿野心想，自己實在沒辦法再配合她們。於是她下定決心，勸她們兩人自首；並說只要警察去找班上同學打聽，她們對這個女生懷抱敵意的事立刻會敗露。不可以小看現代警察的辦案能力，說不定明天早上警察就會找上她們家，還是在這種事發生以前就自首比較明智。

「不用擔心，絕對不會被揭穿的。」船越毫無根據地——有一半像是說給自己聽似地——這麼說。「只要我們三個都不說。」

「我本來還以為小唯會和我們一起高興呢。」藍田說得很不高興。「真掃興。」

「唯，我很信任妳。可是，為防萬一，我還是要先跟妳把話說清楚。」

船越探出上半身，在初鹿野耳邊說。

「要是妳背叛我們，我們就會對妳家也放火。」

這時候，初鹿野才總算理解到，自己已經走到不能回頭的地步；自己已被串進仇恨的鎖鍊當中，再也無從逃脫。這當中不存在適切的選擇，只存在不適切的選擇，以及更不適切的選擇。

隔天早上，初鹿野讀了報紙後，腦袋一片空白，差點當場軟倒。

她們兩人說得沒錯，那個霸凌主嫌的女生儘管家被燒毀，自己卻只受到輕傷。

喪命的是她年幼的弟弟。

初鹿野把登了這則報導的報紙折起來放進書包，去見船越與藍田。她們兩人當然也毫無遺漏地查看過今天早上的報紙，所以早已知道死的不是她們的目標，而是那個女生的弟弟。

「都是那女人不好。」她們兩人一再自我辯護，但似乎也無法徹底欺騙自己，眼神非常空洞。

她們兩人漸漸地失去理智，每天都怕警察打電話來，隨時都心浮氣躁地四處張望，一看到警察就低頭小跑步逃走，一聽到警車或救護車的警笛聲就全身一震。想來多半是連覺也睡不好，導致她們的黑眼圈很深，而且大概是食不下嚥，兩人一天比一天瘦。

疑心生暗鬼的兩人，最害怕的就是初鹿野告密，因此每次都把她叫去，再三威脅說：「要是妳敢背叛，我們就把妳家燒了。」

「反正妳就是想背叛我們吧？」有一次船越這麼說。「可是，妳明知道我們有殺意卻還一直附和我們，所以妳幾乎跟我們同罪。要是我們被抓，會把妳也拖下水。」

她們承受不住自責與恐懼，開始把以前當成退路的自殺視為實際的選項之一。她們認為自己沒有錯，與其丟臉地被警察抓起來，還不如死了算了。而自殺的成員當中，理所當然也包含初鹿野在內。

藍田逼向初鹿野。「要是妳敢一個人逃走，我們會在遺書上寫說：『我們被初鹿野唯威脅才放火，結果承受不了罪惡感而選擇自殺。』」

根本無路可逃，初鹿野大嘆早知道會這樣，一開始覺得不對勁的時候就應該逃跑。她們兩人確實給了她緩衝的時間，只要她有心，甚至早在很早期就能夠阻止兩人失控。

不，豈止如此——她們之所以把她牽扯進來，說不定就是為了這個目的。沒錯，她們之所以讓她加入，是希望她能阻止她們失控，但她卻太害怕失去互舔傷口的夥伴，不但未能阻止她們，反倒助長她們的惡意。

初鹿野心想，是因為自己的心太軟弱，事情才會弄成這樣。

然後，這一天來臨了。一九九三年七月十二日，初鹿野被叫去深山裡的廢墟。打開沉重的鐵門，走進廢墟的一個房間，就看到船越與藍田坐在由採光窗射進的方形陽光照亮的房間角落。

她們腳下有著日本酒的酒瓶與攜帶用的罐子。初鹿野看到這些，當場發抖。罐子裡頭裝的肯定是汽油，至於酒，多半是她們想透過喝醉，盡可能減少對死亡的恐懼。她們兩人打算今天就死在這裡——不對，包括初鹿野在內，所以是三個人？

初鹿野拚命說服她們，說做這種事沒有好處。現在還來得及，只要彌補自己的罪過再重頭來過不就好了？她會說放火的事情自己也有參與，要不要三個人一起去自首？現在要絕望還太早了。

可是，已經錯亂的兩人當然不可能把初鹿野的話聽進去。她們就像拿熱水沖洗身體，毫不在意地把汽油從頭上倒下去——造成她們自卑感的身體部位附近，更是倒得格外仔細——然後逼初鹿野做出一樣的行為。初鹿野拒絕，船越就按住她，由藍田往她身上倒汽油。

初鹿野想揮開船越的手逃走，但房間只有一個門，兩人就擋在門口。船越手上拿著打火機逼近初鹿野，藍田則是擋在初鹿野的退路上。她們像在享受初鹿野害怕得往後退的模樣，慢慢將初鹿野逼進房間的角落。

我想，那兩人在那個時候，自殺的決心多半還不堅決吧。船越的手指放在打火機上，應該也只是在嚇人。她之所以順勢就刷動火石，說不定只是手滑了一下，而且可能因為太過興奮，忘記自己身上已倒了汽油。

線香煙火般小小的火花點燃了氣化的汽油，緊接著，船越的身體籠罩在火焰中。一瞬間後，野獸般的吼叫聲響起，分不出那是船越的哀號，還是藍田的尖叫。

船越成了個火人，雙手按住喉嚨，跌跌撞撞地走動求救。船越的手伸向嚇得腳軟而動彈不得的藍田，緊接著火焰就延燒到藍田身上。這次立刻聽見顯然是藍田的叫聲。

初鹿野反射性地逃了出去，自她身後傳來的藍田尖叫聲，在幾秒鐘後就突然中斷。跑出廢墟的初鹿野一邊全力飛奔一邊思考，但無論她跑得多快，跑到最近的民宅也得花上二十分鐘。這附近有沒有公共電話？初鹿野試著翻找記憶，但至少在通往廢墟的路上並未看過。總之她現在必須盡快下山，哪怕只快一分鐘、一秒鐘都好。

好不容易找到公共電話時，已經過了十五分鐘以上。初鹿野用顫抖的手撥打一一九，告知看見深山的廢墟裡冒出奇怪的煙，裡面還傳出哀號。她正確告知廢墟的地點後，未報上自己的身分就掛斷電話。初鹿野放下話筒，當場癱坐在地大哭。疑似消防隊回撥的公共電話鈴聲，在她頭上響個不停。

＊

我從日記上抬起視線，和從被窩裡起身看著我的初鹿野四目相交。她露出無力的笑容，沒有責怪擅自看了日記的我。又或者她從一開始就希望我看日記，才會特地將日記放在枕邊。

「你很失望吧？」初鹿野垂下視線開口。「初鹿野唯——不，我不但對兩個女生見死不救，還消除了這段記憶，想逃避罪惡感……看來就是這麼回事。」

「日記上是這麼寫的嗎？」我歪了歪頭。「我怎麼想都覺得，只是個可憐的女生運氣不好，被牽連進別人的犯罪事件當中。」

「如果上面寫的全都是真相，或許也不是不能從這種角度來解釋。可是，誰也無法保證不是我扭曲了事實，改寫成對自己有利的情形。」

初鹿野站起來折好棉被，背對我小小伸了伸懶腰後，頭也不回地問：

「……你今天也肯陪我嗎？」

「那還用說？」我回答。「就算妳說不要，我也會陪著妳。畢竟我還得做好看守的工作。」

「……嗯，我都忘了。」

初鹿野鬆一口氣似地露出微笑。

這一天，初鹿野始終心不在焉，無論我說什麼，她的反應都很遲鈍；無論我問什麼，她的回答都牛頭不對馬嘴。她把很多時間花在憂鬱地注視遠方，但有時會像情緒反彈似地開朗起來，隨即又累了而靜下來。這些全是危險的徵兆，我小心留意初鹿野的行動，以免她起了什麼不好的念頭，還有她萬一出了什麼事，我能夠立刻對應。

半天平安無事地過去了。吃完晚飯後，我們去澡堂洗掉一整天的汗水。我鬆一口氣，心想照這樣子看來，今天也會平安結束。但我的預測太過天真，事態正準備迎來急轉直下的變化。

初鹿野早一步在外面等著，一看到我出來就問：「可以去一下別的地方嗎？」我問要去哪裡，她卻不回答，只說：「我有東西想讓你看。」然後就露出神祕的笑容領著我前行。她是打算帶我去哪裡呢？話說回來，這個鎮上也沒有幾個有可能的地方。從方向判斷，我推測她應該是要去海邊。

我所料不錯，初鹿野直直前往海邊，並在碼頭的角落、一個正好被倉庫遮住的地方停下腳步。陸風吹得她身上那件淺藍灰色的連衣裙裙襬搖動。平靜的海面上，反射出長長的蒼白月亮光柱。

初鹿野轉過身來面向我，從包包裡拿著一個用毛巾包住的東西，然後解開毛巾交給我。那是一把小小的刀，有著裝飾的刀柄上已有多處損傷，刀刃也已經發黑，偏偏只有刀尖像剛磨過似地極為尖銳。

「那是？」我問。

「剛才撿到的。」初鹿野回答得很簡潔。「你猜是在哪裡撿到的？」

「我不知道。」

「真的？」

「要說有哪裡可以撿到小刀，我只想得到垃圾場。」

「是電話亭。」她說。「然後，我接下來要請檜原同學用這把小刀殺死我。」

看我啞口無言，初鹿野嘻嘻一笑。

「對不起喔，檜原同學，我一直裝作不知道。老實說，我已經知道了。我知道你的性命只到八月三十一日；也知道要讓你活命，非得讓你殺死我不可。」

初鹿野的身影忽然變得朦朧。

我太過震驚，視線無法對焦。

「妳為什麼會知道……」我問到一半，忽然驚覺過來。「難道是那女人在電話中告訴妳的？」

初鹿野緩緩點頭。

「她第一次打電話來的時候，我嚇了一跳。當時我一個人走在夜路上，公共電話突然響起。我輸給好奇心，接起電話一聽，一個女人竟然劈頭就說：『初鹿野唯同學，妳的記憶還沒有要恢復的跡象嗎？』那是前天發生的事……只是當時我感到害怕，立刻就掛斷電話，所以也就只聽到這些。」

初鹿野把玩著手上的小刀，從各種不同角度觀察。相信她不是真的想把小刀看清楚，而是不想和我對上視線才會這麼做。

見我狠下心盡情享受和初鹿野一同生活，似乎讓電話中那個女人非常不滿。她先前的方針是不干涉賭局參加者以外的人，但如今不惜扭曲這種方針也要阻撓我。

「可是再隔一天的晚上，她再次打電話來時，我就能鎮定一點地聽她說話。這位女性似乎對各種只有我自己才有可能知道的事情，都知道得比我還清楚。關於船越同學和藍田同學的死亡，她也連日記上沒寫的細節都知道得非常正確。我問她為什麼知道，她只是煞有深意地笑了幾聲。我心想，我一定是有了幻聽。畢竟我的腦袋都失憶了，發生幻聽這樣的故障並不奇怪。」

初鹿野用食指按著頭部的側面，落寞地笑了。

「可是，電話掛斷以後，這件事在我的腦子裡漸漸變得像是一種從天而降的啟示。電話中的女子是實際存在的人物，還是我的潛意識創造出來的虛構人物，這並不重要。

總之，我就是覺得她試圖把某些很重要的事情告訴我，而這個訊息對我來說有著極為重要的意義。無論這是從我內心發出的訊息，還是從外界接收到的訊息。」

她像是要弄清楚自己話中含意似地沉默了幾秒鐘，又說下去：

「然後，就在剛才，我走出澡堂在外面等你時，聽到店頭的公共電話響了。她終於告訴我說：『事實上，現在跟妳同住在一個屋簷下的檜原裕也同學，他的性命只剩下幾天。』、『檜原同學之所以只能在妳身邊待到八月三十一日，是因為他在那一天就會死去。』、『導致他死亡的原因不在別人身上，就出在初鹿野同學妳身上。』……不可思議的是，我聽她這麼說並不吃驚，反而很乾脆地就能接受這個離譜的宣告，還覺得『啊啊，果然是這樣』。千草同學之所以消失、陽介同學之所以消失，想必都不是巧合吧。雖然我不知道理由，但我想只要是被我依賴的人，多半會變得不幸。」

初鹿野自小刀抬起視線，看了我的臉一眼，又立刻低下頭。

「在一陣讓絕望透進心裡的漫長沉默之後，她繼續說道：『並不是沒有方法可以救檜原同學。請妳看一下電話機下面的電話簿。』我照她的話往底下一看，就看到本來放著電話簿的架子上放著這把小刀。我一拿起這把小刀，她就說：『用這把小刀讓檜原同學刺死妳，是拯救他性命的唯一方法。』然後，電話便掛斷了。」

初鹿野說到這裡，朝我走過來遞出小刀。

「這個時候，我想誰都不會懷疑你。」她說。「畢竟我的家人全都知道我自殺未遂，姊姊和奶奶也會證明檜原同學很關心我。你只要說是去澡堂泡澡的時候讓我逃走了，大家都會相信你。」

她牽起我的手，硬是讓我握住小刀。

「不用擔心，檜原同學其實也不必好好見證我的死。你只要用這個往我胸口插一刀，然後把我推下海就行了。不要覺得你是為了讓自己活命才殺我，反而要覺得你是為了救我而殺我……就算我繼續活下去，我想總有一天又會犯下一樣的過錯。既然這樣，我希望在這之前，能由檜原同學親手為我的人生做個了斷。」

初鹿野微微歪頭，露出像是隨時會消失的微笑。

我舉起她交到我手中的小刀，打量著雕刻在握柄上、浪花般精緻的紋路。

要把小刀扔進海裡是輕而易舉的事，但到頭來這也只能蒙混一時。如果只是拒絕初鹿野的要求，多半無法讓她信服。

我握著小刀走向初鹿野，她瞬間全身一震，但立刻像是接受這一切似地閉上眼睛。

我把小刀伸向初鹿野的胸口，刀尖從她大開的領口溜進去抵在心臟上，我覺得她的心跳順著小刀傳了過來。初鹿野倒抽一口氣。我經過足夠的停頓之後，在她胸口上慢慢挪動小刀。尖銳的痛楚讓她表情一歪。

我拿開小刀，看到這一刀劃出淺淺一道約三公分的傷口。傷口很快地滲出鮮血，漸漸將連衣裙的布料染黑。我用手指在她傷口上一劃，輕輕擦去鮮血。傷口被碰到的痛楚，讓初鹿野全身僵硬。

我把初鹿野流出的血，抹在自己右側臉頰上。

這就像是一種幸運魔咒。

「你在做什麼？」初鹿野睜開眼睛問。

「在安徒生的《人魚公主》』裡，」我說。「從王子胸口流出來的溫暖鮮血灑上雙腳，她的雙腿便會合而為一，變回人魚的尾巴……可是我想以我的情形來說，只要這麼一點血一定就夠了。」

初鹿野歪著頭說：「我聽不太懂你說的話是什麼意思。」

「嗯，妳不必懂，因為這只是個小小的幸運魔咒。」

我重重搖頭，把小刀往海裡一扔。過一會兒，才從很遠的地方傳來喀啷一聲。

「好，我們回去處理妳的傷口吧。」

初鹿野茫然看著小刀掉落的方向，輕輕嘆一口氣。

「……這麼做明明無濟於事。」她說。

「很難說吧？現在還不知道。」

「我想，等看守不見了，我一定會完成這件事。」

「不行，我不准。」

「你不用准，反正到時候，你已經不在了。」

初鹿野說完，直直朝我走來，幾乎用撞的撲倒在我身上。她頭髮的香甜氣味刺激我的鼻腔，懷裡的她因為流汗而全身冷冰冰。

初鹿野壓低聲音哭泣著，我的襯衫胸口被她的淚水弄得濕透。初鹿野哭的時候，我一直輕撫她的背。

「就算是說謊也沒關係，妳可以答應我嗎？」

我在她耳邊輕聲說道。

「答應我，即使我不在了，妳也要好好活下去。」

「我辦不到啦。」

「不用真心發誓，騙我就好。」

「……那麼，雖然是騙你的，但我答應你。」

初鹿野從我懷裡抬起頭，伸出右手小指。

我們勾勾小指，做出徒具形式的承諾。

回家的路上，我們聽到公共電話的鈴聲好幾次。一處鈴聲才剛停，又會有另一處的公共電話響起，有時甚至會從一些怎麼想都覺得不可能會有公共電話的地方傳來鈴聲。每次鈴聲響起，初鹿野都緊緊握住我的手。

「檜原同學。」

「什麼事？」

「如果你改變心意，隨時都可以殺了我。」

「好，如果我改變心意的話。」

「我不討厭被檜原同學殺死。」

「我明白。」

「我是說真的喔。」

「我知道。」

「到時候，如果你最後能吻我一下，我會很開心。」
「嗯，到時候我會的。」
「好棒喔，真期待。」
我們天真地相視而笑，在這不祥的鈴聲響個不停的夏季夜晚踏上歸途。

第12章　人魚之歌

八月二十七日的傍晚，我和初鹿野前往「美渚夏祭」的會場。初鹿野穿上只在三年前穿過一次的浴衣，我則換上在附近買來的便宜甚平（註5），兩人踩著木屐走在暮蟬鳴聲灑落的昏暗鄉間小徑上。深藍色的浴衣，將初鹿野的肌膚襯托得更加雪白。

當我們漸漸接近會場，先是聽到彷彿震動地表的太鼓聲，接著陸續聽見笛聲與鉦聲、擴音器引導民眾的聲音，以及人潮的喧囂。指定做為停車場的鄰近國小前有著大排長龍的汽車，車龍更過去一點的地方，則可以看見做為會場的公民館廣場。

正好在我們踏進入口時，會場射出宣告開幕的小小煙火。四周人們都不約而同地停下腳步仰望天空，看著空中剩下的白煙。緊接著，會場內湧起掌聲。

會場正中央搭起了高台，掛著燈籠的繩子從柱子呈放射狀往外延伸。廣場長邊的兩側都有林立的攤販，短邊的一邊是入口，另一邊則架起巨大的舞台。觀眾席上已有幾十人甚至幾百人占好了位子，「美渚夏祭」的執行委員長正在舞台上致詞。

我翻開入口處發放的節目表，查看今天的節目。我所料不錯，吾子濱人魚傳說的朗讀以及〈人魚之歌〉的演唱都完完整整地保留下來。相信應該是找到代打了吧，說來也是當然的。節目表的角落有著今年美渚小姐的照片，她的確是位漂亮的女性，但實在太活潑，感覺不適合演人魚。只是話說回來，要不是看過千草扮演的人魚，也許我就不會這麼想。

我們在攤販買了薄煎餅和炒麵，來到舞台前觀賞小朋友的拔刀術演武、國中生的管樂社演奏、社會人士團體的舞蹈與民謠、藝人的陀螺藝曲等表演，一個小時轉眼間就過去了。等抽獎開始，我們便離開座位，從人潮中穿出，來到停車場在花圃邊坐下，從遠處看著會場的喧囂。

在美渚小姐的朗讀即將開始之際，手背上傳來一陣冰涼的感覺。起初我以為是錯覺，但看到初鹿野仰望天空，讓我知道不是只有我有這種感覺。之後不到一分鐘就下起了雨，雨勢不是很大，卻是一旦掉以輕心轉眼間就會把人淋成落湯雞的雨。眾人都跑向帳棚或公民館內躲雨，再不然就是跑向停車場，轉眼間會場內的人變得寥寥無幾，還聽到工作人員用擴音器宣布舞台表演中止。

我和初鹿野在公民館的屋簷下躲雨。細小的雨點讓燈籠與攤販散發的燈光暈開，將

註5：一種和服便服，於現代通常為男性或兒童在夏天所穿著的家居服。

會場染成一片暗紅色。我發呆看著把墊子舉到頭上跑走的女生、撐著傘悠然行走的老人、完全不把下雨當一回事的小孩，還有趕緊收拾攤位的商人，忽然間聽到一陣歌聲。

〈人魚之歌〉。

歌聲不是來自舞台，而是來自身旁。

我和初鹿野對看一眼。她難為情地微微一笑，停下歌聲，像要掩飾害羞似地說道：

「雨好像不會停呢。」

「別管了，繼續唱。」我說。

她微微點頭，接著唱下去，歌聲傳遍蘊含雨水的空氣。

這是我第三次聽她唱〈人魚之歌〉。

第二次是一個月前，在廢棄旅館的屋頂。

第一次是六年前，在山頂的廢棄神社。

*

那是我還稱初鹿野為「班長」時所發生的事。

記得一九八八年的夏天，對我來說既是最差勁的夏天，也是最棒的夏天。之前也說過，我在這年夏天罹患嚴重的自律神經失調症，怕冷得連在七月的大白天都得蓋上羽絨被才能入睡。寒冷日益增長，後來甚至惡化到讓我無法正常生活。我去到即使搭公車與電車往返都得花上三小時的大學醫院，掛了身心內科的門診，醫生的診斷結果說，原因出在壓力上頭（想也知道）。醫師說我需要的是定期就診以及長期休養，於是我搶先一步迎來了暑假。

這年夏天和我所知道的任何一種夏天都不一樣。眼中所見的景象和身體感受到的感覺間有著太大的差距，讓所有事物看在我眼裡都失去真實感。難得可以放長假，我卻沒有心思出去玩，可是，即使待在家裡也無法專心看書。總覺得我大部分的時間都用來重複看一卷錄影帶。錄影帶的內容我已經忘了，只記得是一齣外國電影。

在我開始請假正好過了一週的那天，我一如往常地待在房裡，心不在焉地看著電視時，聽見了敲門聲。敲門的力道拿捏得很好，不會太強也不會太弱，更以勉強能夠維持連續性的慢節奏，敲得有如一段音樂。我從不曾聽過這麼細膩的敲門聲，也確定門外的人不是母親。

我問門外：「是誰？」結果門就緩緩打開，一個穿著白色可愛連身洋裝的女生現身。她以不碰出聲響的動作輕輕關上門後，轉身面向我一鞠躬。

「班長？」我甚至忘記寒冷而起身問道：「妳來做什麼？」

「來探望你。」初鹿野對我微微一笑，放下書包，在我的被窩旁邊跪坐下來。「還有送已經累積很多的通知單給你。」

我趕緊檢查自己房間的狀況。由於這幾個月來，我從不曾找朋友來房間，因而完全沒有打掃的習慣，房內非常凌亂。我暗自嘆息，心想要是事先知道她會來，一定會整理乾淨。然後我再看看自己的穿著，心情變得更加消沉。初鹿野的穿著打扮非常得體，甚至可以就這麼穿去參加畢業典禮，我卻只穿著皺巴巴的睡衣，再披上一件顏色不搭的外套，看來很丟臉。

我再度鑽進被窩，想躲開她的視線。

「是老師拜託妳送來的嗎？」

「不是，是我主動提議的。因為我擔心陽介同學。」

她從書包裡拿出透明資料夾，小心翼翼地取出仔細折好的Ｂ３大小再生紙，檢查上面的內容無誤之後，放到我的書桌上。然後，她再度在我身旁坐下，一臉像是寫著：「那麼，我們進入正題囉？」的表情看著我的臉。我心想，提問攻勢要來了，她想必要問我為什麼一直不去上學？為什麼夏天卻裹著羽絨被？這是什麼樣的病？為什麼我會患這種病？

但初鹿野出乎我意料之外地什麼都不問，而是拿出封面沒寫名字和科目的筆記本翻開來讓我看，並針對這一週課堂上所教的比較重要的部分為我講解。

她到底在打什麼主意？我狐疑之餘仍乖乖聽她說，過不了幾分鐘就聽得入迷。對於一整天都把自己關在房間裡的我而言，從活生生的人口中述說的新知識，正是最需要的刺激。

初鹿野解說完一遍後，把筆記本收進書包，說聲「我會再來」就回家去了。她才剛離開，母親門也不敲便走進我房裡。

「這不是很好嗎？竟然有人來探望你。你可要好好珍惜那樣的朋友啊。」她很開心地這麼說。

「她不是我朋友。」我淺淺呼出一口氣。「她是班長，所以對誰都很好。」

這不是青春期少年常見的那種掩飾難為情的說法，而是當時我和初鹿野之間的關係，確實稱不上是友情。只是因為升上四年級後，我和初鹿野的座位離得很近，所以交談的機會增加了，但這種關係只限定在教室裡，而且在六月換座位之後，我們就沒怎麼說過話。

初鹿野來探望我，確實讓我由衷開心，而且她為我講解我請假時學校的課程內容，也讓我打從心底感激。但是，一想到她是基於同情才這麼做，就讓我感到沒趣。說穿了，只因為她是「班長」，才會「好心善待可憐的同班同學」。相信看在她眼裡，我就是個需要憐憫的弱者。

隔天，還有再隔天，初鹿野都在差不多的時間來敲門，懇切又細心地為我講解當天的上課內容。我一直認為初鹿野這種善意，只是有點擴大解釋她身為班長的職責。但她每天都來我房間、為我盡心講解，的確讓我無可自拔地受到吸引。要不是認定她對我的好是來自憐憫，我應該沒幾天便會被迷得神魂顛倒吧。

以一個國小四年級的男生來說，當時的我對於戀愛感情有自覺到了令人不舒服的地步。若是換成一、兩個月前的我，相信只會隱約有種氣悶的感覺，卻一直不知道是怎麼回事，過著悶悶不樂的日子。但打從我認為自己的胎記很醜以後，個性就變得過度內省，只要一有空便會在腦中反覆把以前只是隱約接受的種種，一一拿出來重新辯證一番，對這些事情都安上正確的名稱之後再放回去。戀愛感情就是我在這種重新辯證的過程中，在自己心裡發現的事物之一。

每當初鹿野講解完當天上課的內容而回去之後，我就會感受到一種非常沒出息的心情。最大的問題在於，我就如同她的期望，實實在在地受到了撫慰。她明明只是基於同情心才對我好，我卻為了她的微笑與一些小小的舉止而真心感動，這種狀況讓我覺得悲慘得無以復加。我希望她認為我是個學得很快的人，所以每天都暗中預習；到了學生放學的時間，則趕緊打掃房間，這樣的自己讓我覺得可恥得不得了。所以，我對初鹿野盡可能採取冷漠的態度，做為一種聊勝於無的抗拒，同時也是為了當她不再來我家時，自己不會變得寂寞。

我一直心想，拜託，不要讓我懷抱無謂的夢想。既然不會變成我的，就不要進入我的視野裡。不要假裝是出於善心，而玩弄別人的心。但初鹿野根本不知道我這種心情，時而握著我的手，天真地笑說：「陽介同學的手，冰冰的好舒服呢。」時而為了詳細講解畫在筆記上的圖，趴在我身旁。這些舉動導致我怕冷的症狀顯著惡化。

七月十三日是全校進行校內打掃活動的日子，一整天都可以聽見窗外傳來小孩子們大聲嚷叫的聲音。我心想，今天學校似乎沒有上課，初鹿野應該不會來幫我上課。但到了下午四點左右，正當我無所事事而開始心浮氣躁時，門鈴就一如往常地響起。過一會兒，有人敲了敲我的房門。

這一天初鹿野穿著白色沒有花紋的針織上衣，配上沉穩的淺綠色裙子。我心想打掃日應該有規定要穿體育服裝，也許她是先回家一趟，把弄髒的衣服換下來才過來的。

「怎麼了？」我問。「今天應該沒有上課吧？」

「嗯，可是，我還是跑來了。」初鹿野惡作劇似地微笑。

「為什麼？」

「只是來探望你。」

初鹿野一如往常跪坐到我枕邊，什麼也不做，只是笑咪咪地看著我的臉。我感到無地自容，翻身背向她。

「何必連這種日子也跑來？」

「好像變成習慣了。而且，我擔心陽介同學。」

我想她的話多半讓我非常開心，也正因為這樣，我才為了警惕自己，忍不住說出帶刺的話。

我轉過身對初鹿野說：

「妳騙人，妳只是喜歡對我好的自己。」

我本以為她會冷漠地否認。
我本以為她一定不會放在心上。
我本以為她會一笑置之，說「陽介同學真傻」。
但初鹿野什麼也不說。
她緊抿嘴唇，直視我的眼睛。
她露出一種像是被人用一根很長的針慢慢越刺越深的表情。
幾秒鐘後，初鹿野回過神來似地睜大眼睛，試著趕緊擠出笑容，不過，她的笑容極為生硬。
她以令人分不出喜怒哀樂的表情，忍不住說：
「剛剛那句話……傷我很深。」
她慢慢站起來轉身背對我，連再見也不說就走出房間。
起初我幾乎毫無罪惡感，甚至還得意地心想，初鹿野一定是被我戳到痛處才跑掉。但隨著時間經過，我心中鬱悶的感覺逐漸變濃。這種鬱悶感漸漸籠罩住整個房間，開始裡應外合地折磨我的心。
該不會，我的猜測其實錯得離譜吧？

如果初鹿野真的是為了自我滿足而利用我，那麼，無論被我說得多難聽，只要四兩撥千斤又或是單純否認就好。所謂的偽善者，對於善意受到質疑的情況都擬了完善的對策。他們熟知如何應對能讓自己看來像個聖人，或是能夠掩飾住自己的別有居心。人就是這樣，聰明人更是這樣。

但初鹿野被我這麼一說，似乎被傷得很深。

這不就是她對等看待我的證據嗎？

正因為她不是偽善，而是真心為我著想，才會覺得被我背叛了，不是嗎？

如果真是如此，那我就是對為我盡心盡力的初鹿野，做出極為忘恩負義的舉動。

我整晚都在被窩裡心煩意亂。

——非得對她道歉不可。

等我下定這個決心，已經是翌日的早晨。

我覺得講電話沒辦法好好把心意傳達給她，因此，當宣告正午的鐘聲一響，我就從衣櫃裡拿出牛角外套，披在厚實的毛衣上。我全身都散發出樟腦丸的衝鼻氣味，大衣口袋裡還放著去年冬天的袖珍面紙與糖果。

我很久沒有一個人外出，甚至光是外出這件事，對我來說也已經睽違一週之久。或許是由於長期待在昏暗的室內，無論是藍天、綠葉、耀眼的陽光、空地的雜草、蟬鳴聲、鳥叫聲，一切都超出我的想像，強烈地直逼而來。我毫無招架之力，為了世界竟是如此充滿刺激而受到震撼。我像要保護自己似地攏緊大衣，帽子深深壓低，在通往學校的路上踏出第一步。

我之所以特地選這種不早不晚的時間出門，是想盡可能避開人們的目光。我的計畫很成功，這個時段的通學路上，除了我以外看不見一個小學生。我期盼就這麼一路去到學校都不要遇見任何人。

我經過幾個大人身旁，每次對方都投以訝異的眼神，所幸一路上並未遇到同年紀的人。我成功抵達學校，抬頭往鐘塔一看，現在正好是午休時間。

來到久違的校舍，感覺比以前要來得生分了些，我低下頭快步走向自己的教室，從開著的門往裡頭窺看，但沒看到初鹿野的身影。我只好走進教室，詢問在角落聊天的女生初鹿野在哪裡，她們狐疑地看著我異常的穿著，告訴我初鹿野因為身體不舒服，請假沒來上學。

我垂頭喪氣地走出教室，直到這時候才總算注意到走廊公布欄上所貼的幾十張照片。剛才從公布欄前面經過時，我一直低著頭，並未注意到。

最先映入眼簾的是初鹿野的照片。這張照片拍得非常好，讓我忍不住停下腳步，呆呆看了半晌。

看來那是五月的學年活動——遠足時所拍的照片。照片上各自標了號碼，把想要的照片號碼寫在紙上裝進信封便能購買。嚴格說來，那些照片也許主要是賣給來參加面談的學生父母親。

我依序看著公布欄上的照片，想找拍到初鹿野的照片。攝影師多半自認為公平地拍到所有學生，但只有初鹿野出現在照片中的次數遠比其他學生要多。身為攝影師，想必會下意識地挑選能讓照片好看的拍攝對象。我每次看電視時也都會這麼覺得，例如在採訪國小的影片裡，大多會優先拍到「很有小孩子感覺的小孩」，以及「比較可能說出觀眾想聽的話的那種正經小孩」。至於比較會帶給觀眾不愉快的拍攝對象，則會被巧妙地擠出畫面外。

我尋找著有沒有把初鹿野拍得更大的照片，結果無意間發現拍到我自己的照片。這完全是一次突襲，因為我大意地認為，反正我這種人的照片一定連一張也不會有。

現在回想起來，那是在十分巧合的情況下才拍到的一張奇蹟照片。我當然不是指這張照片拍得好看，而是指這張照片拍得奇蹟般地不好看。照片裡是一種令人看了就毛骨悚然的深海生物。

無論一個人多麼眉目清秀，偶爾還是會被拍出這樣的照片。尤其臉又是人身上活動劇烈的部位，無論是多漂亮的美女，也不可能在每一瞬間都是完美的美女，有時就是會拍出像是老了十歲、二十歲的照片，也有些時候會拍出像是胖了十公斤、二十公斤的照片。我的情形則是臉上本來就有胎記這個致命的因素，卻還拍下了將這個因素發揮到極致的醜陋照片，所以情況更是惡劣。本來攝影師應該會事先篩選掉這種照片，但多半是出了什麼差錯，不小心混進去。

花樣年華的少女，會根據拍得奇蹟般漂亮的一張照片，來建構心目中的自我形象，而我就以類似的愚昧，根據公布欄上這張拍得奇蹟般醜陋的照片，一瞬間改寫心目中的自我形象。

啊啊，原來看在旁人眼裡，我是這個樣子。

我重新細看初鹿野的照片，接著朝自己的照片看去，然後自問：你覺得這兩個人相配嗎？你覺得自己能站在和她對等說話的立場嗎？你覺得自己有資格喜歡上她嗎？答案全都是否定的。

我感覺地面像是猛然傾斜似地腳下一晃，儘管勉強站穩腳步，緊接著身體又受到一股從未經歷過的惡寒侵襲。我全身劇烈發抖，無法好好呼吸。

我步履維艱地回到家，把自己裹在被窩裡，等待顫抖平息。我的心重重受挫，脆弱得無以復加。好不容易等到惡寒消退，我從被窩裡爬出來，在昏暗的廚房倒了一杯水喝光，然後又立刻回到被窩裡。

我把臉埋在枕頭裡，心想我要這樣活到什麼時候才行？即使這種寒氣消退，做為根本問題的胎記也不會消失，我還是得像這樣避開人們的目光活下去。

我祈求著，拜託哪個人來幫我消掉這個胎記，但不知道自己是在對什麼祈求。只要能實現這個願望，無論是神、女巫，還是人魚，我都無所謂。

我就是在這時候想起廢棄神社的故事。

那是一則平凡無奇的傳聞，是我有一次聽班上同學講起的。據說郊外的小山頂上有一間小小的廢棄神社，只要孤身一人去到那裡，在午夜零時祈求，就會有天神出現，實現祈求者的願望——就是這麼一則離譜的傳聞。這則傳聞不知道是從哪裡傳出來的，但聽說在其他學校的學生之間也有內容完全一樣的傳聞，甚至有不少年輕的老師在小時候聽過同樣的傳聞。這則廢棄神社的傳聞雖然內容離譜，但在美渚町的孩子們之間，卻有一種始終無法徹底否定的神祕感而令人在意。

但話說回來，都已是小學四年級生，照常理來說，不太可能會真心相信廢棄神社的天神會幫忙實現願望這種痴人說夢話的故事。但我長期待在家裡，導致視野變得狹隘，加上惡寒讓我的腦子蒙上一層霧，又才剛被打入絕望的深淵，即使只有稻草也想死命抓住。對這樣的我來說，這則傳聞像天啟似地迴盪在腦海中。

我在被窩裡針對這則傳聞尋思良久，過了一個小時左右，我從被窩裡起身，把錢包塞進外套口袋，走出家門。這時，時鐘的指針指著下午四點。

要前往廢棄神社就得搭公車，所幸我原本就知道要在哪個公車站牌上車。我記得清清楚楚，母親帶我去隔壁鎮的大學醫院時所搭的公車，就會從這座廢棄神社所在的小山旁邊經過。

我抵達站牌後過了二十分鐘左右，公車到站，車上只有一對老夫婦。這對老夫婦又搭了兩站而下車之後，車上乘客就只剩下我一個人。

在抵達目的地之前，我坐在最後排的窗邊，看著窗外流逝的單調田園風光。或許是路況不好，公車頻繁以令人不舒服的方式搖動，司機則用小得聽不見的音量獨自嘀咕個不停。搭上公車應該還不到三十分鐘，我卻覺得漫長得像是兩、三個小時。不時看到一些陌生的民宅，更讓我擔心自己是不是搭錯車了。等看到廢棄神社所在的小山，我才鬆了一口氣，按了下車鈴。

我把乘車券和車錢投進投幣機，正要下公車，司機狐疑地盯著我的臉問：

「小弟弟，你一個人嗎？」

我盡量回答得若無其事。「是的，本來說好奶奶會來公車站牌接我……」我說著朝公車站牌看了一眼，故意嘆一口氣。「看來她還沒來，不知道是不是忘記了。」

「你一個人不要緊嗎？」這名看起來五十歲上下的男性司機擔心地問。

「不要緊，奶奶家離這裡很近。」

司機似乎相信了，點點頭說：「是嗎？路上小心喔。」

公車開走後，我把外套的帽子壓得很低，朝神社走去，沒多久就看到標示著上山入口的導覽板。根據導覽板上的說明，這似乎是一座標高只有三百公尺左右的小山。

上山之後，步道很快就來到盡頭，接下來是一條勉強只能讓一個人通過的沙子路。路旁的樹木枝葉恣意生長，讓路很不好走，到處還有倒下的樹木堵住道路。倒下的樹木上除了青苔，還密密麻麻地長著陌生的紅褐色蘑菇。我小心翼翼地避免碰到這些蘑菇，跨過倒下的樹木。

當我好不容易來到山腰附近時，先前明明毫無下雨的跡象，現在卻忽然滴下一滴滴的雨點。樹木的枝葉成了雨傘，雨聲雖大，卻幾乎沒有水滴落下。但很快的雨越下越大，連先前由枝葉承接住的雨水，都一起往我頭上淋下來。

要是立刻回頭就沒事了，我卻固執起來，心想好不容易來到這裡，不想白白回去，便往山上的方向跑，但山路遠比我想像得要長。當時我誤以為所謂的山路，就是從山腳到山頂的最短距離。當我來到神社入口處的鳥居時，毛料的牛角外套已經吸飽了水，差不多有原本的兩倍重。

我用雙手撬開有點卡住的門，躲進神社的正堂，才剛坐到地板上而放鬆的瞬間，就遭到一股猛烈的惡寒侵襲。我把淋得全濕的大衣脫下來扔在原地，靠到牆上抱著膝蓋發抖。身處這種狀況，要等到午夜零時是不可能的；但要在這麼大的雨中下山，在站牌等待下一班公車，無疑是一種自殺行為。

拍打屋頂的雨聲中，摻進了水滴滴落在正堂內的零星聲響。多半是到處在漏水吧，從天花板漏下來的水，漸漸積滿整片地板，一點一滴奪去我的體溫。在地板的冰冷與無助的感覺催化之下，我的身體發抖得更加厲害，牙齒震得格格作響，手腳由內而外冰冷發麻。明明是在七月，我卻幾乎要凍死。

我後悔地心想，早知道就不該來的，但已經太遲了。我沒告訴任何人我要去哪裡，所以不可能會有人來救我。公車司機多半覺得我已經到達奶奶家，正和樂融融地吃著晚餐。如果真是這樣，不知道該有多好？

大概過了三、四個小時，不知不覺間雨聲已經減弱，僅不斷聽見水滴從一片葉子滴落至另一片葉子上的餘音，至於雨本身應該已經停了。正堂裡一片漆黑，連自己的手掌都看不見。

我的體力已經耗盡，一步也走不動。意識朦朧，我連自己是誰、為什麼待在這裡都想不太起來。唯一能夠確定的，只有幾乎令人凍僵的寒氣與身體的顫抖。

然後，我聽見敲門聲。雖然我聽過這樣的敲門方式，但意識中始終未描繪出是在何時、何地聽見的。過一會兒，拉門拉開，我的視野立刻籠罩在強光之中。我差點要陷入恐慌，但一知道是有人拿著手電筒進來，安心的感覺立刻讓我全身虛脫。

「你果然在這裡。」

是個女生的嗓音，而且這個嗓音我格外耳熟。我想抬頭看清楚，但照向我的手電筒燈光太耀眼，讓我睜不開眼睛。

她收起雨傘、甩掉雨水，走到我身前蹲下來，並把手電筒的燈光朝向地板。這麼一來，我總算能看見這位來接我的人物長什麼樣子。

「陽介同學。」初鹿野叫了我一聲。「是我。」

我懷疑起自己的眼睛。為什麼初鹿野會在這裡？她為什麼知道我在這裡？不，更根本的問題是，她為什麼會來找我？她不是身體不舒服，請假沒去上學嗎？她是一個人爬上山來的？在這種深夜嗎？

但我已經沒有力氣一一問出這些問題，初鹿野看出我嚴重虛弱，手放到我肩膀上說：「你在這裡等我，我馬上去找人來幫忙。」

說著，她抓起雨傘和手電筒，想跑出正堂。

但我反射性地抓住初鹿野的手不放。我拉住她，牙齒格格作響地說：

「好冷。」

初鹿野回過頭來，看著我的手遲疑一會兒，不知道該拉開我的手去找人幫忙，還是先留在這裡照顧我。

結果，初鹿野選擇後者。她丟下雨傘和手電筒，回握我的手蹲下來。她願意留下來讓我鬆了一口氣，當場坐倒在地。

「很冷嗎？」她確認似地問我。

我點點頭，她就把雙手繞到我背後，讓自己的身體緊貼我。

「你不要動喔。」她說著，憐惜地撫摸我的背。「會慢慢暖和起來的。」

起初，她被雨淋濕的身體讓我覺得好冰冷，甚至覺得：「喂，拜託別這樣，這豈不是害我更冷嗎？」但沒過多久，我對這股冰冷的感覺就漸漸麻痺，接著有股熱流從她的皮膚內側慢慢透過來。我全身緊繃的肌肉，被這股熱流慢慢舒緩開來，受損的各種身體機能也漸漸重新開始活動。我從內冰冷到外的身體，花了很長的時間，逐漸找回人類該有的溫度。

「不會有事的。」初鹿野溫暖我的時候，一再重複說這句話。「一定不會有事。」

她每次說出這句話，都強烈地鼓舞了我。我像個傻子似地心想，既然她說不會有事，那就不會有事。

不知道就這樣過了多久。

突然，我注意到身體的感覺已恢復正常，我感受到七月平均該有的氣溫。儘管淋濕的衣服讓我覺得有點冷，但也就只有這樣。

初鹿野似乎感覺到我不再發抖，問說：

「你還冷嗎？」

其實我已經不冷了，甚至還在流汗，但我回答「還有一點冷」，想再多感受一下她的體溫。

「這樣啊？要是你趕快暖和起來就好了。」

不知道初鹿野是否看穿了我的謊言，她說完這句話，摸了摸我的頭。

我盡情享受完溫暖後，輕輕從她身上放開雙手。

「班長。」

我叫了她一聲。

「什麼事？」

「對不起。」

只是這麼一句，她就明白我想說的話。

「我沒放在心上啦。」她說得很開心。「不，老實說，我好像有點介意。我被陽介同學狠狠刺傷了，這是千真萬確的。可是，我原諒你。」

「……謝謝。」

聽我道謝，初鹿野用雙手摸了摸我的頭。

「陽介同學，我之所以每天去你家找你，是希望你來上學。」

「為什麼？」

「你覺得是為什麼？」她微微歪著頭露出微笑。「陽介同學，你聽我說。你也許不知道，但我很喜歡跟你說話。喜歡單方面聽你說話、喜歡單方面說話給你聽，也喜歡跟你什麼都不說，就只是待在一起。要是你不在了，我會非常寂寞。」

她說到這裡，先是停頓一會兒，然後低下頭小聲說道：

「所以，請你不要擅自消失……我可是很擔心的喔。」

「對不起。」

我只說得出這句話。

即使走出正堂，四周光線也沒什麼改變。雨完全停了，雲也已經散去，月亮露出臉來，但要現在走下山，多半是有困難。而且，即使下得了山，也得等到明天早上才有公車。結果，我們就在這間廢棄神社裡度過一晚。

我到現在還清清楚楚記得，當時初鹿野坐在我身旁，指著夜空教了我許多星星叫什麼名字。當時的我，對她說的知識連一半也聽不懂，但每當她說出那些魔法咒語般的星星名字，都讓我的身體被一股不可思議的力量填滿。

「對了，班長不是身體不舒服，請假沒去上學嗎？」我問。「妳會不會不舒服？」

「別擔心，我說身體不舒服是騙人的。其實我是被你的話刺傷，所以很沮喪。」

「不好意思。」我道歉。

「我原諒你。」她瞇起眼睛。「……然後呢，我無所事事地待在家裡時，接到陽介同學的媽媽打來的電話，問說：『請問我家兒子有沒有去府上打擾？』所以我知道你溜出家門，跑去其他地方。」

「可是，妳怎麼會知道我在這裡？」

「你還記得大概在春天，我們交談時，我曾經提過一次這間廢棄神社的事嗎？」

我忍不住拍一下手。

「啊，聽妳這麼一說……」

「我一直以為你不喜歡這種超現實的話題，所以看到你對廢棄神社的話題有興趣，讓我相當意外，也就留下很深刻的印象。當我聽說陽介同學不見了，忽然想起我們當時的對話，然後就想到你說不定會在這裡。」

「要是我沒在這裡，妳打算怎麼辦？」

「我本來打算要在午夜零時，祈求陽介同學打起精神來。」

初鹿野說完，起身哼著歌。那是一段憂鬱又帶著幾分鄉愁的旋律，是〈人魚之歌〉。在這之前，我從不曾見過她獨自唱歌的模樣，所以聽到她的歌聲如此之美，不由得說不出話來。她的歌聲讓我聯想到井底那種極為清澈又冰冷的水。等她唱完，我一鼓掌，她就不好意思地笑了。

後來，我們有很長一段時間什麼也不說，就這麼看著夜空。初鹿野說：「我們進去吧。」我們便回到正堂躺在地板上，有一句沒一句地聊著無關緊要的話題，看到開著沒關的手電筒燈光漸漸變弱。電量很快就用完，室內變得一片漆黑。我們自然而然地伸手互握，等待早晨來臨。

從這一天起，我所處的世界開始有了完全不一樣的意義。在這之前，由「我」和「除此之外」構成的世界，變成由「我」和「初鹿野」以及「除此之外」所構成。而要證明這個世界是個值得活下去的地方，只需要初鹿野一個人就已經足夠。

人們也許會笑說，這就像是一種印痕作用，也就是剛出生的小鳥會認定最先看到的東西便是自己的父母親那種現象。看在旁人眼裡，可能會覺得我只是個被困在孩提時代記憶當中的傻瓜。但不管別人怎麼說，我都不在乎。我想我到死為止，都會是這段記憶的幸福奴隸。

第13章　那年夏天，妳打來的電話

時光飛逝，不知不覺間，賭局期限的八月三十一日已經到了。

這天從早上就下著大雨。我看著窗外，心想這不怎麼樣的天空面貌，跟我人生的最後一天還真是搭調。根據天氣預報，似乎全國都會下一整天的雨。電視上播出大都會的大馬路口被撐著傘的人們擠得水洩不通的畫面，並播報各地的預測雨量。

我和初鹿野放棄外出，一整天都懶洋洋地窩在和室裡，再不然就是在簷廊看雨，或是看著電視上的災情報導，就這麼度過這一天。正因為是最後一天，我才覺得不必特意做什麼特別的事，不如細細品味每一樣微小但確切的幸福。

傍晚，我正用在庫房找到的唱盤機聽著唱片時，初鹿野靠過來趴到我背上。她伸向我胸前的手上握著一把水果刀。

「檜原同學，我這十天來真的很開心。」她說。「簡直像是一場夢。晚上躺進被窩關上燈時，我多次想過：『這會不會是自殺未遂而昏迷不醒的我，在病床上做的夢？』我滿心不安，擔心會不會下次醒來時，發現自己待在病房裡，自己一個人孤伶伶的，擔心得不得了……可是到了早上，醒過來拉開紙門一看，檜原同學一定會在門後，讓我每次都知道『原來這不是做夢』，覺得好開心、好開心。光是知道這件事，就讓我差點哭出來。」

初鹿野說到這裡停頓了一下。

「……所以，求求你。」

初鹿野用撒嬌的聲音說完，想把水果刀塞到我手裡。

我默默拒絕，初鹿野就噘起嘴說：

「你好壞心。」

我從她手上搶走水果刀，放回廚房去。再度回到庫房一看，張腿跪坐在地板上的初鹿野抬頭看著我問：

「你是討厭出血嗎？」

「誰知道呢？」我避而不答。

「我也不介意被勒死喔。」

「我會考慮。」

「因為如果是這樣，直到最後都可以感受到檜原同學的體溫。」

「這幾天來妳早該感受夠了吧？」

「根本不夠。而且，這不是量的問題。」

「妳好貪心。」

「對啊。你現在才發現？」

初鹿野說著笑了。

我就是在這個時候，注意到淚痣從她的眼角消失了。我靠向她，仔細端詳她的臉孔，確定不是我看錯。

淚痣果然不是真的。初鹿野是用國小時想出來的求救訊號，一直在對我求救。

「怎麼了？」初鹿野眨著眼睛問。

我答不出來，隔了幾次呼吸的空檔後，假裝沒事地說：「沒什麼，只是錯覺。」現在的我是檜原裕也，要是知道淚痣的事情就說不過去了。這件事屬於深町陽介管轄的範圍，而他再也不會出現在初鹿野面前。

我們在近距離面對面，初鹿野有所期待似地輕輕閉上眼睛。我撥開她的瀏海，手指在她額頭上輕輕一彈。她睜開眼睛，不滿地撇開臉。她這樣的反應簡直像個小孩子，讓我忍不住笑逐顏開。

吃完晚餐後看看外頭，發現雨變小了。我們跟坐在搖椅上看晚報的芳江婆婆說一聲，然後走出家門。

我正要從傘架上抽出雨傘，初鹿野就按住我的手，搖了搖頭。相信她的意思是，兩人撐一把傘就夠了。

我們依偎在一起共撐一把傘，一路走到離家大約有二十分鐘路程的海岸。等到開始看得見小小燈塔的燈光時，雨已經完全停了。我們在淋濕的堤防邊緣坐下，仔細傾聽微微的波浪聲。

「檜原同學。」她叫了我一聲。「老實說，我有一件事非得對你道歉不可。」

「這話怎麼說？」

她先慢慢深呼吸一口氣，然後回答：

「昨天晚上，我看完了日記。」

我茫然看著她的臉。

「……為什麼要做這種事？妳不是決定不要想起往事了嗎？」

「對不起。」

初鹿野低下頭，雙手用力握住裙襬。

「那麼，上面寫了什麼？」我問。

初鹿野對於該怎麼回答這個問題猶豫良久。

我也不催她，耐心等待她主動開口。

然後，她終於開口。

「檜原同學，我現在雖然對你喜歡得不得了，但失去記憶之前的我，似乎不是這樣。至少直到我跳海而失去記憶的那一瞬間為止，初鹿野唯似乎都是喜歡深町陽介。」

這句話讓我的世界天旋地轉。

我張開的嘴合不攏。

她繼續說道：「照日記上的說法，我在七月中旬似乎也一度試圖自殺。我是在高中旁邊的神社公園想上吊自殺，當時救了我的就是陽介同學。」

然後，初鹿野指著自己眼角問我說：

「我的淚痣是假的，你是不是早就注意到了？」

我默默點頭。

「這個淚痣啊，是只有初鹿野唯和深町陽介兩個人明白的暗號，該說是一種求救訊號嗎？我們說好要是遇到什麼難過的事，又很難坦白求救時，就在眼角點一顆淚痣向對方求救。」

她手放上眼角，像要表達眼淚滑落的模樣，指尖在臉頰上滑過。

「我和他各自上了不同的國中而疏遠之後，每當我希望有人來幫我時，還是會在眼角點上淚痣，就像是當成一種幸運魔咒。這個習慣在我失去記憶之後也還持續著，連我自己都不知道為什麼要做這種事。每天洗完澡或洗臉之後，都會用筆在眼角點上淚痣……所以，等我升上高中，翻看班級名冊，在上面看到深町陽介這個名字時，高興得簡直要飛上天，心想：『啊啊，陽介同學真的來救我了。』」

「可是，」我打斷她的話。「那個時候深町說他似乎被初鹿野討厭了耶？」

「嗯。雖然不是討厭他，但我想和他保持距離，這的確是事實。」初鹿野說。「因為發生過那種事情之後，我實在沒有臉見他。而且，我希望陽介同學只記得小學時代的我，不希望他看到我現在這種不堪的模樣，蓋掉跟他共度的那段日子留下的回憶……不知道是幸還是不幸，陽介同學在春假時發生了意外，晚三個月入學。這段期間裡，我就不用讓他看到我。」

她像要看清楚我的反應似地看了我一眼，又立刻看向前方。

「幾個月後，我和陽介同學重逢時，真的嚇了一跳。他右臉上的整片胎記，已經消失得無影無蹤。看到這樣的他，我心想：『我不想變成他的枷鎖啊。』要是知道我的慘狀，陽介同學那麼重情義，一定會不惜一切代價幫助我。可是，陽介同學的胎記好不容易消失了，終於能夠擺脫偏見，我不想打擾他的人生。所以，我忍著不去回握他伸出來的手，一直拒絕他。」

「……妳說的這些，要是深町知道，我想他會很高興。」我說。

初鹿野露出滿面微笑。

「不管我怎麼保持距離，陽介同學就是纏著我不放，還曾經明白說出對我的好感。每次我都冷漠地回絕他，可是坦白說，我開心得連自己都覺得莫名其妙。一想到他還這麼念著我，就讓我幸福得頭昏眼花。可是，接受陽介同學的好意，就像在欺騙他，讓我裹足不前。而且，我覺得現在的陽介同學，應該找得到比我更配得上他的女生。」

「可是，最終來說，你們變成會一起去看星星的好交情。」

「我真是意志力薄弱呢。」初鹿野自嘲地說。「到頭來，我還是輸給誘惑，開始每天晚上都和陽介同學一起去看星星。我在心中對自己辯解說：『我就快要自殺了，最後讓我做個美夢有什麼關係？』」

「後來，妳認識了我和千草。」

「嗯……坦白說，起初我覺得和陽介同學獨處的時間被打擾了，不喜歡這樣。可是，實際說過話之後，就發現無論是檜原同學或千草同學，人都非常好，我轉眼間就喜歡上你們。千草同學似乎對陽介同學有意思，所以我每次看到他們倆，都覺得一顆心七上八下，只是我不會表現在態度上。千草同學不但漂亮得找不到半點可以挑剔的地方，個性又那麼率直，所以我一直覺得，陽介同學遲早會被她搶走。」

初鹿野仰望夜空，嘆了一口氣。

「說來很奇怪吧？前不久我還那麼拚命要疏遠陽介同學，但一看到他快要被人搶走，就懊惱得不得了。我明明處在非得支持他們的立場不可……可是話說回來，扣掉這一點不算，我們四個人一起度過的那段日子，真的是非常美好。你們三人都能拿捏出一種令人自在的距離感，就好像是別過臉不看我，卻又靠過來握住我的手，讓我能夠安心地放鬆下來。」

「……如果是這樣，妳為什麼非得跳海自殺不可？」

她低下頭，露出為難的笑容。「我沒有辦法原諒享受人生的自己。我覺得，我對那兩人見死不救，卻像常人一樣盡情享受青春，這樣是不對的。可是，我越來越期望幸福。我懇切期盼能把陽介同學從千草同學的手中搶回來，這樣的自己讓我厭惡到極點，所以就跳海自殺了。」

要說的話似乎到這裡就說完了，初鹿野仔細看著我的臉，等著看我對她說的這一連串事情有何反應。

我整理完腦子裡的想法後，問說：

「妳現在仍然喜歡深町嗎？」

「嗯。」她毫不猶豫地點頭。「我現在仍然喜歡陽介同學。雖然我失去了記憶，可是重看日記，就覺得：『啊啊，我好喜歡這個人。』……可是，那種『喜歡』是對家人或兄弟姊妹會有的那種好感的延伸，和我對檜原同學的『喜歡』不一樣。我這輩子第一次真正墜入情網，是在來探望我的檜原同學抱住我的那一瞬間。」

初鹿野說完，往我身上靠過來抱住我。

連我自己都不知道，該懷抱什麼樣的感情才好。

從某個角度來看，我先前的所作所為全都錯得離譜。

從某個角度來看，我先前的所作所為沒有一件做錯。

大概就是這麼回事吧。

可是，事情並未就此結束。

這天晚上，我遇見了女巫。

＊

＊

我醒來後最先做的事，是看現在幾點。看來我在不知不覺間睡著了，而初鹿野靠在我肩上睡得很安詳。手錶指著夜晚十一點五十六分。

再過不到五分鐘，賭局的期限就要到了，我卻鎮定得連自己都覺得不可思議。我想多半是我在這十天之內，幾乎把一輩子的幸福都享受完了，所以才不覺得著急吧。雖然不能說已經沒有任何遺憾，但若還指望更多就是奢望了。以我的人生來說，已經可以算是做得非常好。

初鹿野睡著是不幸中的大幸。只要我在她醒來之前消失，她就不必親身體驗那決定性的瞬間。我就像死前會從飼主眼前消失的貓一樣，心想如果我也能在初鹿野不知不覺間悄悄死去，那就太好了。

我注視著手錶秒針的走動，紅色的秒針一秒一秒、毫不留情地把今天往明天推。我覺得再看下去，多半會忍不住就這麼一直瞪著錶面，所以脫下手錶往海裡一扔。然後，我小心翼翼不弄醒初鹿野，把她挪到地板上躺好，壓低腳步聲走去站到堤防邊。

時間緩緩流動。不到五分鐘的時間，感覺卻像十分鐘、二十分鐘那麼久。據說當人面臨死亡時，大腦的活動會加快，一輩子的經歷就像走馬燈似地在腦海中顯現，因此，起初我以為現在就發生了類似的現象。

但即使真是這樣，這四分鐘還是太長了。隨著剩下的時間變少，每一秒的密度似乎也跟著不斷增加；又或是每經過一秒，感覺明天又稍微跑得遠一點。我甚至覺得，自己會不會就這樣永遠也到不了明天，彷彿永遠追不上烏龜的阿基里斯（註6）。

這時，背後傳來腳步聲。

我以為是初鹿野醒了而轉過身去，看到站在那兒的人物，當場倒抽一口氣。

意外的是，我面臨這突然揭曉的事實，卻幾乎毫不動搖。不，豈止是不動搖，說來令人難以相信，但從自己的反應來看，我似乎從一開始就知道她會出現在這裡，一直在耐心等待這一瞬間來臨。

說不定，我從很久以前，就已經在無意識中考慮過這個可能性。

一陣夜風吹過，吹動她胸前美渚第一高中的制服領結。

「好久不見了，深町同學。」千草說。

「是啊，好久不見，荻上。」我舉起手回答。

千草在堤防邊坐下，由下往上注視著我。

「可以跟你要一根菸嗎？」

我從口袋裡拿出菸，取出最後一根交給千草。她叼到嘴上後，我把打火機舉到她面前。大概是弄濕的香菸抽起來太苦，千草連連咳嗽、皺起眉頭。

「滋味果然不好。」

我站到千草身旁，上上下下重新打量她。錯不了，這是我知道的荻上千草，無論嗓音、身體、氣味還是舉止，一切都和我記憶中的一致。

註6：古希臘數學家芝諾提出的阿基里斯追烏龜的悖論。每當追趕者移動到被追者所在的位置時，被追趕者又已經移動一段距離，所以永遠不會被追上。

但是，她就是那個邀我參加賭局的電話中女人。
「說話別太大聲。」我說。「我不想吵醒初鹿野。」
「不用擔心，她在天亮前不會醒來。」千草充滿確信地說道。
「妳對初鹿野做了什麼嗎？」
「這個嘛，你猜呢？」千草避而不答地笑了。「話說回來，深町同學看到我卻一點也不吃驚呢。你好厲害。」
我先確定初鹿野睡得很香甜，才對千草說：
「美渚小姐已經找了別人代替。」
「是啊，我知道。」她點點頭。「是個什麼樣的人？」
「我只看過照片，是個美女。」
「嗯？」
「可是，我個人比較喜歡上一個人選。」
「是嗎？太棒了。」千草舉起雙手歡呼。
我再一次回過頭，確定初鹿野並未醒來。
然後，我切入正題。

「只有一件事，我不明白。」

「只有一件嗎？什麼事？」

「真正的荻上千草怎麼了？不，真的有個叫做『荻上千草』的女生存在嗎？」

「你儘管放心。」千草彷彿早料到我會這麼問，立刻回答。「深町同學在醫院認識的那位真正的荻上千草，在你出院兩個月後平安出院了，現在一個遙遠的城市裡過得很好……你的想像沒有錯，你在高中重逢的荻上千草，只不過是我扮演的虛構人物，從一開始就沒有這麼一個女生存在。」

「……原來如此，這樣我就放心了。」我深深點頭。「好，要把我變成泡沫還是讓我溺死都行，儘管動手吧。」

「請不要催我，我們好不容易才像這樣又見面了。」

我聳了聳肩膀。即使謎底已經揭曉，我仍然難以相信眼前的千草，和電話中那個女人是同一人。嗓音不一樣當然也是原因之一，但不只有這個原因。對我來說，荻上千草是無邪與無害的象徵，相對的，電話中的女人則是邪惡與危害的象徵。儘管腦子裡知道是這麼回事，但我無論如何都沒辦法把兩者連結在一起。

「深町同學是從什麼時候開始覺得我可疑呢？」千草問。

「不知道。」我搖搖頭。「只是，陪妳練習朗讀的確是個契機。」

「我獲選為美渚小姐，真的是巧合喔。」千草由衷覺得好笑似地說。「你不覺得很諷刺嗎？哪個人不好找，偏偏找我去扮演人魚。」

「是啊，的確諷刺。」我表示贊同。「荻上，我可以順便再問一個問題嗎？」

「你還願意用這個名字叫我啊？」千草開心地瞇起眼睛。「什麼問題？」

「妳之所以這樣千方百計讓我遇到各種沒天理的事，應該不是只想找我麻煩，而是有更深的理由吧？」

「是啊，就是這樣。」

她緩緩點頭。

「我這次說什麼也要讓《人魚公主》有個幸福的結局。」

「……原來如此。」我口中溢出乾澀的笑聲。「可是，妳這個嘗試好像失敗了。」

千草聽了，微微歪頭問：「……這話怎麼說？」

「就是說，結果並沒有幸福的結局。」

在一段長得不自然的空檔後，千草突然雙手掩嘴笑了出來。

「深町同學看似敏銳，在關鍵之處卻很遲鈍呢。」

「有什麼好笑的？」我不高興地問。

千草深呼吸調整好氣息，用手擦了擦笑得太用力而泛出淚水的眼睛。

我無法理解千草的話是什麼意思。

她挺直腰桿，以鄭重的態度宣告：

「深町同學，恭喜你，這場賭局是你贏了。」

*

之前也說明過，吾子濱的人魚傳說，是由福井縣的「八百比丘尼傳說」，與漢斯．克里斯汀．安徒生創作的童話《人魚公主》混雜而成的故事。

一名生活在吾子濱一個小漁村裡的少女，在不知情的情況下，吃了當漁夫的父親捕到的人魚肉，不知不覺間成了長生不老之身。故事就從這裡開始。

那是很久很久以前的故事。

少女吃下人魚肉之後的頭幾年，沒有人發現她身上的改變。在她這樣的年紀，身體停止成長是非常尋常的情形，連少女自己都從未想過自己已經長生不老。

但過了十年左右，每個人都開始對少女的特殊體質瞠目結舌。和同年代的女子相比，她的樣貌未免太過青春洋溢；雪白的肌膚與亮麗的頭髮，簡直像是十五、六歲的少女。還不只是這樣，自從吃了人魚肉，少女就散發出一種無以言喻又不可思議的女人味，甚至像是發出一種淡淡的光芒，村裡的年輕男子當然全都迷上她。

但幾十年過去，看到同年代的人都開始有明顯的白髮，少女仍然毫無年老的跡象，村民們終於發覺事情不對勁了。再怎麼說，這名少女也太缺乏變化。到了這個地步，已經不是「青春」兩字可以解釋。那個女人真的是人類嗎？

又是幾十年過去。到了這個時候，少女認識的人大多已經過世。經過這麼長的歲月，她的身體仍無年老的跡象。少女見證了多得數不清的人死去，每次都消磨著她的心。等最後一個認識的人也死去，少女決定離開她土生土長的村子。

長生不老的少女成為比丘尼，為了尋求死亡踏遍全國各地。她在漫長的旅途中，不知不覺間學會法力，便雲遊四方，運用法力來治療病人或幫助貧困的人。但無論經過多久，她就是找不到能擺脫永生的線索。漫長得令人想到就頭昏眼花的歲月過去，她漸漸連自己的名字都想不起來。就在她連自己踏上旅途的理由都忘記的時候，說巧不巧，少女回到故鄉的村子。

到這裡為止，吾子濱的人魚傳說和八百比丘尼傳說之間，並沒有明顯的差異。嚴格說來，八百比丘尼傳說還流傳到福井縣以外的地方，有些地方將主角改成富翁的女兒，又或者人魚肉是神祕男子給的。但變得長生不老的少女成為比丘尼雲遊四方，最後回到故鄉，這個部分都是一樣的。

八百比丘尼傳說寫到少女後來入定而落幕。至於吾子濱的人魚傳說，反倒是接下來的部分才是故事的主軸。少女過了幾百年後回到漁村，對於這種只是不斷見證別人死去的人生疲倦了，決定與人類斷絕來往，在海中活下去。不過，她一看到有人遇難，就會忍不住伸出援手，把漂流的船送回岸上，又或是拯救溺水的人。過不了多久，她就被村裡的人當成海神祭祀。

某天晚上，少女救了一名遇到暴風雨而溺水的年輕漁夫。漁夫儘管已幾乎失去意識，仍對少女道謝，用力握住她的手。這件事成了契機，讓少女愛上這名小她幾百歲的漁夫。每當他出海捕魚，她就會滿心雀躍，成了一名不折不扣的十六歲少女。

過了幾年之後的某一天，一名年輕的人魚少女來到少女面前。人魚說自己之所以來找她，是想藉助少女的法力。一問之下，原來人魚愛上一名人類男子，想要變成人類和這名男子一起生活，為此不惜付出任何代價。少女在人魚身上看見了對年輕漁夫墜入情網的自己，因而同情起對方，把人魚的尾鰭變成人類的雙腳，孰不知人魚愛上的男子，和少女所愛上的漁夫是同一個人。

人魚離開之際說：「我竟然偏偏愛上漁夫，到底是在想什麼？也不想想我的母親就是被漁夫殺死的。」一聽她這麼說，少女心想，說不定人魚所謂「被漁夫殺死的母親」，就是自己父親捕到的人魚吧？會不會當時自己所吃的，就是人魚母親的肉呢？

當少女知道人魚口中的心上人就是那位年輕的漁夫，少女反悔了，但她不能去阻撓人魚的戀情。她認為自己吃了人魚母親的肉，有義務為人魚的幸福盡一份力。這是最起碼的贖罪。

於是，年輕的漁夫和人魚結為連理。兩人過著幸福的日子，看似沒有任何能讓不幸見縫插針的餘地。然而，造化就是如此捉弄人。有一天，人魚再也壓抑不住想讓丈夫知道自己一切的渴望，坦白告訴漁夫說，自己本來不是人類，而是人魚。

這件事成了悲劇的開端。漁夫年幼時因為暴風雨而失去雙親，當時村子裡的人，都相信暴風雨是〈人魚之歌〉引發的，因此，他一直把人魚當成害死雙親的仇人，對人魚有著很深的仇恨。

當漁夫知道自己的妻子是人魚，他對一切感到絕望，跳進驚濤駭浪的海中。雖然人魚跳進海裡想救他，但失去尾鰭的人魚，已經沒有能力抱著一名男子游泳。等長生不老的少女趕到，兩人早已溺死。少女悲嘆不已，從此以後，就獨自在海底靜靜地過活。

這就是「吾子濱人魚傳說」的概略內容。

但千草補充了一段：

「然後幾百年過去，少女前去闊別已久的岸邊看看，結果救了一名差點溺水的少年。這名少年感覺和那名年輕漁夫有幾分相似。也不知道少年是怎麼想的，後來他每天都會來到海邊，少女漸漸掛心起這樣的少年。少年愛上了一個女生，但似乎認為自己配不上她，所以把這份心意藏在心裡。少女心想，自己要幫助他，而且這次一定要成功，不會再犯當年的錯誤。要讓這名少年的戀情，以最棒的方式開花結果。」

＊

「是我贏了？」

我回問，千草點點頭說：

「是啊，你贏了。你克服了種種逆境，和初鹿野同學兩情相悅。只是你自己似乎沒注意到。」

「這話怎麼說？」我不由得揚聲問道：「這怎麼可能？要知道初鹿野她……」

千草打斷我的話，說：「初鹿野同學不像你想得那麼遲鈍。你其實是冒用檜原裕也名義的深町陽介這種事，她早就看穿了。」

我啞口無言，說不出話。

「剛才那段很長的話，是初鹿野同學兜了個大圈子的告白。她是想告訴眼前的你說，她從過去就一直喜歡你，現在又更喜歡你。」千草聳了聳肩。「你連這件事都沒有發現嗎？」

我雙腳一軟，當場癱坐下來。看到我這種反應，千草嘻嘻笑了幾聲。

「對她而言，很多時候是假裝被騙會比較好辦。若要她開門見山地表明對深町同學的好感，她會感到遲疑；但如果是面對『深町陽介扮演的檜原裕也』，就可以不用顧慮太多，好好把自己的心意告訴你。」

這幾天與初鹿野之間的對話閃過我的腦海。

那個時候、那個時候，還有那個時候都是。

原來初鹿野早就發現我是誰，還接受了我的好意？

我躺下來，一隻手遮住臉。「真像個傻子似的。」

「是啊，像個傻子。」千草表示贊同。

「也就是說，這一切的一切，從一開始就是為我安排的？」

「就是這麼回事。」

我拿開手問：

「就算是這樣，妳為什麼要用那麼拐彎抹角的方法？如果只是想讓我的戀情開花結果，既不必去掉我臉上的胎記，也沒有必要扮演成荻上千草出現在我眼前吧？」

「我是希望你們能夠經歷過各種困難。我之所以消除胎記這個用來博得初鹿野同學共鳴的最佳利器、之所以借用荻上千草的模樣來撼動你的心、之所以製造出除了殺死初鹿野以外別無他法可以活命的狀況，都是希望證明你們兩人能夠克服各種困難。」

「……原來如此。」我說。「說到這個，妳寄來的信上寫了『讓兩個人都能活命的方法』，那也是圈套嗎？」

「是的。初鹿野同學之所以能看穿你的真面目，是因為你一直陪在她身邊。如果你照信上的話做，選擇去找出『電話中的女人』，你們共度的時間就會變得很少。如此一來，初鹿野同學應該不可能在今天之前看穿深町同學的真面目。」

我正要接受，卻又忽然產生新的疑問。

「可是，妳有一次特地接通了我和初鹿野之間的電話，給了我機會和她好好說話，對吧？那是在做什麼？只是心血來潮嗎？」

千草露出為難的表情搔了搔臉頰。

「那完全超出我的預料，我做夢也沒想到你會想燙傷自己的臉。就算做出那種事，明明也沒有任何意義。你的行動實在太離譜，讓我看得傻眼，但同時有點佩服，心想原來你為了初鹿野，不惜做到這種地步。我是看在你這股無謀的勇氣上，決定讓你和初鹿野同學講十分鐘的電話……對了，有菸灰缸嗎？」

「我沒帶，妳用這個吧。」

我遞出空的香菸紙盒，她嘴角一揚，把菸蒂放到自己手掌上舉到我眼前。下一瞬間，菸蒂化為白色山茶花。相信這跟我的魔術表演不一樣，沒有什麼可以揭露的手法。她把花交給我，露出得意的表情。我把白色山茶花舉到鼻子前，聞到一股淡淡的甜香。

「檜原還真有點可憐。」我看著花說道。「他似乎挺中意荻上的。」

「是這樣嗎？」千草雙手一拍，睜大眼睛。「可是，你不用擔心，等天亮了，這世上就再也不會有人記得我。」

「我也不例外嗎？」

「是啊，高興吧？」

我不想回答這個問題。因為我覺得無論老實回答或是說謊，都會後悔。

「我一直在騙你耶？」千草平靜地說。「我一直盤算著怎麼做能讓深町同學動心，邊在內心暗自竊笑，邊扮演虛構的『荻上千草』。你可以對我感到更加生氣。」

「……的確，也許真是這樣。」我從白色山茶花上移開視線，站起來轉身面向千草。「可是，就算是這樣，我還是喜歡跟荻上一起度過的時光。而且我想，荻上多半也不討厭跟我一起度過的時光。不是嗎？」

「……你還真會戳人痛處。」

千草的額頭往我胸口一撞，她用壓抑情緒的聲音說道。

「深町同學果然是個壞人。」

「彼此彼此。」我回答。

千草抬起頭來，悲傷地笑了。「起初我接近深町同學，只是想扮演好犧牲打的角色。可是，等我扮演了荻上千草半個月左右，就注意到自己由衷享受著這齣戲。我被自己創造出來的虛擬人格給吞沒了。我演得太過投入，甚至曾經忘記自己其實是誰。和深町同學在一起的時候，我就能把以前的事情忘得一乾二淨，只當『荻上千草』……不過算了，沒關係，反正我不是第一次失戀，不會這樣就受傷。」

她離開我懷裡，背對著堤防的邊緣，慢慢仰頭望向夜空，然後鄭重面向我。

「最後，我就把戲法說破給你聽吧。深町同學臉上被我消掉的那塊胎記，老實說，從一開始就是即使放著不管也會自然消失。我只是稍微把消失的時間往前提了一點點，等於是什麼都沒做。」

我想了一會兒，搖搖頭說：「重要的就是這『一點點』。要是我和初鹿野重逢時，臉上還留著胎記，我想我和她之間的關係，一定會變得更為互相依賴、更加沒有未來。所以，謝謝妳。」

「不客氣。」千草瞇起眼睛。「……倒是深町同學，即使我消失了，也請你不要鬆懈下來喔，因為你還剩下最後一件工作沒有做完。」

「最後一件工作？」

千草小聲說了一句話，我想聽清楚，把耳朵往她湊過去，千草就踮起腳尖，嘴唇在我右臉頰上輕輕一印。

千草看到我嚇一跳，心滿意足地微笑，緊接著從堤防邊緣跳下去。我反射性地想抓住她的手，但還是來不及。下一瞬間，我看見她在海面上著地——不是降落到水面，而是著地。彷彿水面下一公分有著透明的地板，她靜靜在海上行走。我呆呆站在原地，目送她的背影離開。

她走了十公尺左右時，回過頭來說：

「再見了，深町同學。我第一次度過這麼開心的夏天。我唯一的掛念也消失了，這下子終於能夠跟自己做個了斷。」

緊接著，一陣強得令我睜不開眼睛的強風吹來。

當強風平息，我再度睜開眼睛時，千草已經消失無蹤。

*

水平線染成橘色，在與天空的深藍色之間的界線上，看得到淡淡的黃綠色。早晨的暮蟬與麻雀開始鳴叫，事物的輪廓轉為鮮明。反射著朝陽而閃閃發光的海面上，從太陽延伸出一條白色光帶，朝著跟水平線垂直的方向描繪出一條線。地表熱了起來而產生晨間無風現象，我的皮膚感受已久的風就此停歇。

初鹿野睜開眼睛。睡在我膝上的她，一看到我的臉就開心地露出微笑說：「太好了，你還在。」接著坐起上半身，像要確定我真的還在似地緊緊抱住我，並用臉頰磨蹭我的臉頰。

「我說啊，初鹿野。看樣子，我還不用死。」

「……真的嗎？」

「真的，我以後也可以繼續待在這裡。」

「到什麼時候？」

「到什麼時候都行。」

「一直都在？」

「對，一直都在。」

「不是騙我？」

「對，我不要再對妳說謊了。所以，妳也不用再假裝被我欺騙。」

幾秒鐘的沉默過後，我感覺到懷裡的她體溫急速上升。

「陽介同學？」初鹿野戰戰兢兢地問。

「沒錯。」我點點頭。「我不再是檜原了。」

初鹿野抬起頭，從近距離看著我的眼睛。

「歡迎回來，陽介同學。」

「嗯，我回來了。」

初鹿野的雙手仍然繞在我背後。她露出難為情的笑容，閉上眼睛。

我執行了千草教我的「最後一件工作」。

終章

我十六歲的暑假就這麼宣告結束。進入九月之後，彷彿前不久的炎熱都不曾存在，氣溫一口氣變涼，美渚町轉眼間迎來秋天。

初鹿野再度開始就讀美渚第一高中，並且和國小那時候一樣跟我一起上下學。看來她記憶喪失的狀況還得花上不少時間才會好，但她似乎對這種一切都顯得新鮮的狀況樂在其中。有時候她會差點把我叫成「檜原同學」，然後顯得很過意不去。

初鹿野不再點淚痣了。相對的，有時她遇到一些開心的事，會用筆在臉頰上點痣。

「這是什麼痣啊？」我問。

「是笑痣。」她回答。「我真的很開心，想讓陽介同學知道的時候，就會發出這個訊號。」

「原來如此。」

我從她手上接過筆，在自己臉頰上也點了一樣的痣。

初鹿野多半得花上很長的時間才能融入一年三班，但她並不著急，小心翼翼地觀察每一樣事物，謹慎判斷這些事物對自己這個人意味著什麼，然後才選擇如何行動。

最近同班同學的永洞，動輒會來招惹初鹿野。也許是因為儘管他已經忘記，內心深處卻仍為了千草不在而寂寞。每次他來攀談，初鹿野都會露出為難的表情向我求救，但她似乎並不討厭永洞。有一次，她在永洞不在場的時候說：「跟他說話很累，但他這個人實在不錯。」我也大致同意這個說法。

根據我在暑假結束前的調查，荻上千草這個名字已經從美渚第一高中的所有紀錄當中消失，宛如這名學生從一開始就不存在於這間學校，班上同學也沒有一個人記得千草。我問過初鹿野，同樣的現象也發生在她的日記裡。與千草有關的記載一律消失，日記被改寫成即使少了她也依然成立的內容。幾天後，我獨自拜訪千草家，但以前千草家所在的地方，已經成了一片長滿雜草的空地。

後來我以各式各樣的方式繼續調查，但目前似乎只有我一個人還記得就讀美渚一高的荻上千草。相信她之所以只留下我一個人的記憶，應該是有某種意圖。但無論她的目的是什麼，我都很高興。

對了，前陣子我看見初鹿野和綾姊一起出門。她們兩人的表情都有些僵硬，但姊妹之間的感情似乎還算好。我去初鹿野家時，穿著睡衣的綾姊不時會來跟我打招呼。她很想知道我和初鹿野之間的關係進展，但我對此含糊帶過，反而問起她與雅史哥之間的感情有何進展。聽來他的立場還是一樣停留在綾姊的跑腿。

「他人是不壞啦。」綾姊說。「但就是搞不清楚他到底有幾分是認真的，讓我也不知道該怎麼反應。」

我心想，下次遇見雅史哥，就不著痕跡地把綾姊的不滿透露給他吧。

最近我和檜原兩個人出去玩的次數變多了。我們不是像國中時代那樣使壞，而是去棒球打擊場賭飲料對決，或是跑去隔壁鎮上的保齡球場預測別人比賽的勝負，過著十分無意義的時間。

十月中旬，我去查看真正的荻上千草現在過得怎麼樣。她和電話中那名女人所扮演的千草，在外表與個性上都有著微妙的差異。無論是好是壞，她都成了同年齡層當中隨處可見的女生。我和她聊了約一個小時便道別，此後也不再聯絡，但當時碰巧跟我一起去的檜原似乎對她產生興趣，聽說他們兩人之間後來一直有聯絡。我心想，這世上還真是有些不可思議的緣分。

直到現在，我和初鹿野仍不時會邀檜原三個人一起去觀測天文。多虧與千草有關的記憶消失了，檜原對初鹿野的敵意似乎也消失了。鱒川旅館廢墟前不久決定要拆除，讓我們很難溜進去，所以我們為了尋找更好的天文觀測地點，最近常會在夜晚的鎮上四處遊蕩。

直到現在，每當從公共電話旁邊經過，我還是會下意識地起戒心，擔心會不會又像那一晚一樣，突然聽到鈴聲響起，然後有個神祕女子說中我心中的祕密，並找我參加賭局。但假使她又打電話來，我想我也不會參加賭局。雖然我可能會想再聽聽她的聲音，忍不住接起電話。

最後，還有一件事。

最近，宿村先生的妹妹有了聯絡。就是之前在防風林找幽靈的那個女生。我一接起電話，她就以連電話這一頭的我都感受得出來的興奮說：

『大哥，我找到幽靈了。』

我問她到底是怎麼回事，她只說：『不告訴你。』就單方面掛斷電話。

我打算近日去找她問問。

後記

最近我針對「Summer Complex」（夏日情結）這個自創詞彙寫了一篇短文，結果得到大得驚人的迴響。這世界上有一群人覺得「我從未度過『正確的夏天』」，每次看到滿懷夏日氣息的事物，便會痛切感受到自己的夏天與「正確的夏天」之間有落差，因而覺得憂鬱——為求敘述方便，我將這種心態命名為「夏日情結」。當時，我不經意用到「正確的夏天」這個詞彙，儘管乍看之下難以理解，卻似乎緊緊抓住部分讀者的心。我想，由於我說的不是「正確的春天」也不是「正確的秋天」，正因為是「正確的夏天」，才能得到多數人的贊同。

正確的夏天。明明不曾有任何人教過我們，但這伴隨著某種懷念的夏日原風景，卻像前世的記憶一樣明確存在於腦海當中。這種憧憬越是明確，又或者對於這種憧憬越是有自覺，以及這種憧憬與自己所經歷過的夏天之間的落差越大，夏日情結就會越嚴重。而且，無論多麼努力追求，到頭來「正確的夏天」還是只存在於腦海中。說穿了，「正確的夏天」這種概念的真正身分，其實是過往人生中感受到的無數「如果是這樣就好了」的集合體。試圖重現「正確的夏天」這件事，本身就是從一開始便確定會輸的賭局。如果要舉例，那像是和只在夢中見得到的女生談戀愛。為了不存在於現實當中的正確而苦惱的確奇妙，但無論這樣的憧憬有多麼離譜，只要動起「說不定這個世界上，真的存在曾經度過這種夏天的人」這個念頭，哪怕只有那麼一次，在那一瞬間，這種憧憬就會獲得和現實同等的分量。

我心中也存在「正確的夏天」，從十四歲左右就一直擾亂我的心思。我現在之所以會寫起夏天的故事，也許是一種掙扎，希望至少能在「故事」這樣的框架當中，以完美的形式重現「正確的夏天」。一旦能為自己的心情安上適切的名稱，就能讓自己輕鬆一點。我認為，我就是想透過用適切的言語來講述夏天，藉此緩和一下這種沉重的壓力。

三秋 縋

輕文學
Light Literature

世界上只要有一個人願意愛著自己，
或許人就會因此得到救贖。

不哭不哭，痛痛飛走吧

三秋縋／著　邱鍾仁／譯

在二十二歲那年的秋天，孑然一身的我撞死了一個女生，成了殺人犯——本來應該是這樣。但被我殺死的少女將死亡的瞬間「延後」，藉此多獲得了十天的時間。她決心將這寶貴的十天，用來報復糟蹋她人生的那些人，當然，做為殺了她的代價，我必須協助她復仇。而在一次次的復仇當中，我們不知不覺地接近了真相……

定價：NT$340/HK$105

輕文學 Light Literature

如果人命可以換算成金錢，你值多少？
什麼事物值得你用生命換取？

三日間的幸福

三秋 縋／著　許郁文／譯

一家收購壽命的店，去了那裡就能出售壽命、時間或健康，生命的價值端看生活的充實度而定——我決定留下三個月，將剩餘的三十年壽命全部賣掉。第二天，出現一位負責監視我的年輕女性，和她相處的時光讓我的人生逐漸有了意義，而當一切即將開始時，我的人生只剩下最後的三天……

定價：NT$260/HK$78

輕文學
Light Literature

© SUGARU MIAKI 2013

你滿意你的人生嗎？
如果人生有機會重新開始，你會做出什麼選擇？

Starting Over 重啟人生

三秋 縋／著　洪于琇／譯

我的第二人生，是從十歲那年的聖誕節開始。雖然得到了修改一切的機會，但我的願望是「完整重現我的第一人生」。十八歲那年，我遇到了我的「分身」，他忠實地重現出我的第一人生，甚至還搶走我的女友。我突然回想起，在二十歲的聖誕夜，女友和我發生車禍身亡。一切，就是從那一天倒轉又重新開始——

定價：NT$220/HK68

國家圖書館出版品預行編目資料

那年夏天，我撥去的電話 / 三秋縋作；邱鍾仁譯.
-- 初版. -- 臺北市：臺灣角川，2016.03
面；　公分

譯自：僕が電話をかけていた場所
ISBN 978-986-366-973-9(平裝)

861.57　　　　　　105001227

輕文學 Light Literature

那年夏天，我撥去的電話

原著名＊僕が電話をかけていた場所

作　　者＊三秋 縋
插　　畫＊usi
譯　　者＊邱鍾仁

2016 年 3 月 17 日　初版第 1 刷發行
2022 年 12 月 9 日　初版第 6 刷發行

發 行 人＊岩崎剛人
總　　監＊呂慧君
總 編 輯＊蔡佩芬
主　　編＊李維莉
美術設計＊吳佳昫
印　　務＊李明修（主任）、張加恩（主任）、張凱棋

台灣角川

發 行 所＊台灣角川股份有限公司
地　　址＊104 台北市中山區松江路 223 號 3 樓
電　　話＊（02）2515-3000
傳　　真＊（02）2515-0033
網　　址＊www.kadokawa.com.tw
劃撥帳戶＊台灣角川股份有限公司
劃撥帳號＊19487412
法律顧問＊有澤法律事務所
製　　版＊尚騰印刷事業有限公司
I S B N＊978-986-366-973-9